講談社文庫

それでも前へ進む

伊集院 静

講談社

それでも前へ進む【目次】

第一部　車窓にうつる記憶——7

第一部

車窓にうつる記憶

「春になればね……」

上りの電車が大宮《おおみや》駅を過ぎてほどなく一軒の家の庭に桜の花が咲いているのが見えた。

去年も車窓からあの花木を眺めた。もう春なのだ、と思った時、遠い日の女性たちのはずんだ声が耳の奥で聞こえた。

「春になればね……」

子供の時、年配の女性たちの会話の中に、よくこの言葉を耳にした。子供ごころにその言葉が奇妙に聞こえた。春って、二月なの、三月、四月？　どうしてもっと具体的に話さないのだろう。それに、春になれば何があるのだろう。

その理由が北国で暮らしはじめて十年が過ぎた頃に何となくわかるようになった。

北国の冬は長く厳しい。年が明けてもまだ春は遠いのが実感だ。それでも寒中、人々の暮らしのそばで木や花の芽は春にむかって身を育んで、芽吹《めぶ》く時間を、開花の時間をじっと待っている。やがてその時を迎えると、自然だけではなく私たちのこころもふくらみ、はなやいでくる。

春は四季の中で何かがはじまる期待を抱く季節だ。私たちにとって人生の節目にあたる時期でもある。卒業式、入学式、入社式、旅発ちの時間であり、別離と出逢いの交差する時間でもある。

それらの節目の時間を正確に覚えていなくとも春に良いことがあっ

た記憶はおぼろにある。おぼろではあるが、たしかに私にも、春には良いことがあった気がする。

――そうか、時間のとらえ方が違うのだ。

若い時の時間は一日や一週間、一ヵ月があざやかに目の前にあり、その時間の中で喜怒哀楽を感じ、笑い、泣き、悩んだりする。誰も若い時は目の前のものがすべてに見える。

しかしそれが歳月を重ねることで、さまざまな喜び哀しみを経験し、今、目の前を通り過ぎようとしている時間がやわらかく、しなやかになるのだろう。人間の暮らしは嬉しいことと切ないことを計ってみると切ないことが多いのはどうも必然らしい。しあわせのかたちは似ているが哀しみは皆違っている。それでも哀しみはいつかやわらかくなる。春は四季の中で良いことがあるらしい。

「春になればね……」

あの女性たちはさまざまなことを耐えていたのかもしれない。

八年前の四月、弘前《ひろさき》に小説の取材で出かけた。名物の桜は三分咲きだった。ゴールデンウィークにちゃんと咲くらしい。それが年々早くなっていると聞いた。今年はその時に咲いてくれればいいが。

クマの昼寝

この季節、車窓から山々の新緑を目にすると気持ちがやわらいでくる。自然はさまざまな色彩を見せるが、私たち人間が草木の緑色から与えられる活力は想像以上のものがあるという。

青森《あおもり》から秋田《あきた》にかけてひろがる白神《しらかみ》山地を訪ねたのは十年近く前の春の終りだった。福島《ふくしま》、岩手《いわて》、青森を巡っての取材旅行を終え、スタッフと別れて半日、山を見に出かけた。地元の人に案内してもらい西《にし》目屋村《めやむら》から山に入った。まだ山懐《やまふところ》まで入山できる時期ではなかったが、山麓《さんろく》まででも行きたかった。残雪の中でブナの木はわずかに芽吹いていた。この木々がやがて緑あふれるのだ……。

夢があった。ささやかな夢である。二十年余り前、歌作りにかかわり、「夏の思い出」「雪の降る町を」などを作曲した中田喜直《なかだよしなお》さんと子供の歌を創作した。尊敬する作曲家との仕事で嬉しかった。〝陽射し〟の歌を書いた。朝夕の陽射し、教会のステンドグラスを抜けたり、水辺に揺れる陽射しを〝光の子供〟になぞらえて詞を書いた。その折、私が一番書きたかったのが森の中の木洩れ日《こもれび》だった。♪陽射しはとってもオシャレさん　木々の葉っぱを抜ける時　緑の帽子をかぶります♪　こんな詞だったと記憶している。この時、私はブナやケヤキの森の中で昼寝している自分を想像した。

――いつかそんな森の中に入って美しい木洩れ日の中で昼寝をしてみたいものだ。

と夢を抱いた。

残雪を踏んでまだ枝ばかりのブナの林に入った。初夏にむかう澄んだ青空とかすかに芽吹きを思わせる風が流れていた。

「森がお好きなのですか」案内の人に訊《き》かれた。私は十年来の夢の話をした。「可笑《おか》しいでしょう。大の大人の男が……」私が言うと「可笑しくありません。けんど昼寝してたらクマに逢うかもな」と苦笑された。

ブナの幹に残るクマの爪痕《つめあと》も見せてもらった。木の実は数年周期で少ない年があるという。そんな年は母グマは苦労して子育てをすると説明された。

――そうか、ここは彼等の森なのだ。

それを聞いて森の昼寝の夢はあきらめた。

二年前の夏、こまち号で秋田にむかう途中、車窓に映る出羽《でわ》山地の見事な緑を眺めていて、親子のクマが緑色の光に抱擁《ほうよう》されて昼寝している姿が浮かんだ。共存の必須条件はまず敬愛であり、次は譲り合うのではなく、己《おのれ》が譲ることだとフランスの哲学者が言っていた。

雨の紫陽花《あじさい》

電車に乗っていて、窓を流れる風景にこころを奪われる時がままある。この季節なら、雨に煙《けぶ》る田園風景である。

水田で黙々と働く人が霧の中に立つ姿は、牧歌的なものを超えた神聖ささえ感じる。たゆみなく働く人の姿には尊厳が漂っている。

車窓をつたう雨垂《あまだ》れと白く霞《かす》む風景を見ていると、友人のM君のことがよみがえる。あれは小学校の修学旅行で一泊の旅で北九州を訪れた時だった。あいにくの雨だったが皆汽車の旅で興奮していた。その朝、M君は乗車する前に私に耳打ちした。「今日、宇部《うべ》のところで父ちゃんを見ることができるかもしれん」「そうなんだ。楽しみだね」

嬉しそうにうなずいたM君は私にキャラメルを分けてくれた。M君の父親は鉄道に勤めていた。学校の授業で先生が生徒の親の職業を聞いたことがあった。港町の、それも下町の子供が多く通う学校だったから商家の子供が多かった。M君の順番になり、彼は胸を張って、国鉄（当時）です、と言った。皆が声を上げた。

あの当時、機関車の運転手になるのは子供たちの夢のひとつだった。母などは長姉が上京する時、チッキ（編集部註・手荷物の鉄道輸送）の荷物のことで国鉄に勤める家の奥さんに相談に行っていたほどだった。あの日、私は自分の父の職業をはっきり言えず恥ずかしかった。

生徒を乗せた汽車が宇部に近づき、汽笛が鳴った。M君は窓から身を乗り出すようにして外を見つめていた。やがて鉄橋が近づくと数人の男達が雨の中を鶴嘴《つるはし》を振り上げ働いていた。「父ちゃんだ、父ちゃんだ」M君の声が車輛の中に響いた。「すごいね。こんな雨の中で」私が言うと、M君は下唇を噛《か》んでうなずいた後、はにかんだように目をしばたたかせた……。

子供にとって誇るべきものに触れることは生きる上の肝心《かんじん》のひとつである。私は父と長い間確執が続き、決して良い息子ではなかった。しかし父は私を責めることなく黙々と働き続けることで生きるとは何かを教えてくれた。雨に煙る車窓に目をやると、M君のかがやいていた瞳と、あの時、父のことをきちんと誇れなかった自分のいたらなさを悔やむ。去年の春、父が亡くなった朝、寡黙《かもく》の教えを受けた気がした。親は死をもって子に最後の躾《しつけ》をすると言う。

軽井沢《かるいざわ》にむかう少し手前の峠で、電車が速度を落とすと窓から手が届きそうな線路際に雨中の紫陽花《あじさい》を見たことがある。美しい色彩だった。あの花は、鉄道で働く男達が仕事の合い間に育てたものではなかろうか。今もあの紫陽花は乗客を愉《たの》しませているのだろうか。

光に抱かれて

数年前の夏、新装なった新潟《にいがた》競馬場に出かけた一日があった。
快晴の日で、電車が越後《えちご》湯沢《ゆざわ》を過ぎる頃には車窓に湧き上がる雲が映りはじめた。夏の雲には勢いがある。青春とはこのようなかたちだろうと思う。子供の頃、陽射しを浴びながら積乱雲《せきらんうん》が刻一刻《こくいっこく》と姿をかえるのを見上げていた。「あの雲、ライオンに似てるぞ」「ライオンがハクチョウになった」

夏になると、日中は麦藁《むぎわら》帽子をかぶらされ、夜になると蚊帳《かや》の中で寝かされた。まだ遊び足りない時でも母に「一日お日さまに当たっていたのだからよく寝なさい」と言われ、否応無《いやおうな》しに目を閉じた。父ほどの怖れはなくとも母は厳しく子供の夏の体調を気遣っていた。

日射病、赤痢《せきり》と夏の大病は多かった。夏に亡くなる子供が多かった。不幸な目にあった両親、親族はどれほどに哀しかったろう。人には子を授かり育ててみないとわからぬ他人の苦労、哀しみがある。若い時は自分がいつも世の中の中心だからだ。私は子供の教育は、他人の痛み、哀しみを自分のものとしてとらえることができるこころが芽ばえれば子育ての半分はできたと考える。

競馬場は美しかった。長い直線にそよぐ芝のかがやきは溜息がこぼれるほどだった。厳しいスポーツの戦いの背景に美眺《びちょう》があると気持ちがなごむものだ。夏は福島、新潟、盛岡《もりおか》、水沢《みずさわ》と北の地は風情のある競馬場がある。

十五年前の夏、武豊《たけゆたか》騎手から電話があった。「やっと今日、潤一郎《じゆんいちろう》の墓参に行けました。海が見えていい所です」「それはよかったね」電話のむこうの武騎手の声が少しくぐもっていた。

潤一郎とは、その一年半前にレース中の事故で亡くなった彼の後輩騎手の岡《おか》潤一郎君のことだ。武君は一年後輩の岡君を実の弟のように可愛《かわい》がっていた。後輩の死を受け入れるのに先輩騎手は苦悩していた。華やかに見える競馬、騎手という仕事には死が隣り合わせていることを忘れがちになる。電話での墓参の報告は、当時から人気騎手だった武君は岡君の故郷、北海道の様似《さまに》の墓所まで出かける時間が取れなくて、ようやくそれがかなった報告だった。二人の友情は、そこにたしかに若者が光に抱かれて生きていた証《あか》しである。

潤一郎君が召されて十六年目の夏を迎える。「これ、あなただけに上げるから」と少し自慢気に、それでいて恥ずかしそうに彼がくれたリンデンリリー号のカードは私の仕事場の机の上にある。

今夏、私は様似の町に出かける。墓所からどんな海が見えるのだろうか。

花火に祈る

夜の電車に乗って空に目をやると、月や星がことのほか美しく見える時がある。都会の中では気付かない光景である。

冬の星月夜《ほしづきよ》は冴え渡る美眺があるが、夏のそれにはあざやかさを感じる。夜空が何やら宴《うたげ》の舞台であるような気さえしてくる。

新潟、長岡《ながおか》に花火を見物に行ったのは今から十五、六年前のことだったと思う。長岡、摂田屋《せったや》にある造り酒屋の人々に知己を得たのは私が京都に住んでいる頃だった。以来、古都の夏の暑さを避けて信濃川《しなのがわ》の川風が涼しいこの地を何度か訪れた。

「酒は浴びるほどありますから……」と祖母《ばあ》さんから言われたが、そこまであると意外と酒量は抑えてしまうものだ。夏の初めにお邪魔することが多く、家の人がすすめる花火大会をなかなか見る機会がなかった。それがようやく実現した夏だった。

家の裏手は信濃川である。弁当と酒の入った袋を手に河原にむかった。浴衣《ゆかた》姿の女性や子供もぞろぞろとむかう。少年の夏の日が思い出された。

河原にはいくつもの桟敷《さじき》が組まれ、そのひとつに上がった。周囲の喧騒《けんそう》に大人も子供もどこか興奮している。やがてアナウンスがはじまり、最初の花火が風を切る音とともに中天に昇った。皆が息を飲んだ。ドーンと花火が空にひろがる瞬間、耳と、頬に衝撃が走り、見開いた目にあざやかな色彩があふれた。周囲も同じで、やや間があって歓声と拍手が起きた。それからは間断ない夜空の競演に見惚《みと》れた。少し疲れて桟敷を下りた。そこに老婆が一人、花火にむかって両手を合わせ、拝《おが》むようにしていた。妙なことだと思った。

名物の三尺玉は、遠くで打ち上げるせいかぼんやりした印象であった。山中で巨木を見るとちいさく見えるのに似ていた。

家に戻り、酒宴に座すと香りのいい線香の匂いがした。そちらに目をやると「祖母さんが祖父《じい》さんに今年の花火が無事終わったと報告をなさってます」と言われた。祖母さんと語らった。「ここの人は花火を大切にしてるんですね」「長岡は戦争の空襲で大勢の人が亡くなりました。花火もその人たちの供養のひとつです」それを聞いて私はなるほどと思った。

――あの老婆は花火を拝みながら夫や息子の安穏を祈っていたのだ。

人が集って、祖先や亡き家族を偲《しの》ぶのはやはりいい習慣である。日本が終戦を盆会《ぼんえ》の季節に迎えられたのは偶然ではあるまい。戦争の愚かさを夏が来る度に思い返すことは日本人のつとめでもある。

名物の三尺玉花火が空にまたたく数分間、この近辺を走っている電車の中にはスピードをゆるめるものもあったと聞いた。粋《いき》な計らいだ。

夜半の花

庭の隅に萩《はぎ》の花が風に揺れている。花びらが小振りのせいか、萩の花はどこかはかなげに映る。

仙台《せんだい》には萩が多い。この街に住むようになって十数年が過ぎた。居を移した理由は、この街が家人の生まれ故郷であり、彼女の父親が病を患《わずら》い医師から残る歳月を宣告されたからだ。娘はそれを聞き、仕事を退《や》め、そばで看病をしたいと私に申し出た。

親が生きている間に孝行ができる人はほとんどいない。恵まれた行為だ。従うことにした。

病院、実家に通って語り合い、機会があると教会で祈っている姿を見て、父と娘はいいものだと思った。そのお蔭《かげ》か医師の見解より、五年も長生きしてもらえた。

義父は戦後、関東から仙台に移り、一代で事業を起こし、五人の子を大学まで出した。営業という仕事上、酒席が多く、それが病の原因でもあった。晩婚の娘の嫁ぐ相手が、ぐうたらな上に酒好きと知ってもあたたかく迎えてくれた。「男は酒を飲まねば、酒落《しゃれ》てなければ……」が口癖だった。

義父が亡くなる十日前、私は病室に呼ばれた。床屋に行きたいと義父は笑って言った。それを聞いて、大人の男の覚悟とお洒落は、かくあらんと感心した。

訃報は彼岸《ひがん》に入ってほどなくの夜半で、義妹の電話を私が取った。

家人に告げると、こくりとうなずき沈黙が続いた。彼女は病院に行き、私は仕事の手を止めて庭に出た。その時、庭の隅に白い花が夜風に揺れているのを目にした。私も平静ではなかったので、白い花が何であったかは記憶にない。ただ花というものは眺める側のこころ持ちで印象がかわるものだと感じたのを覚えている。

四年後、ずっと義父の看病をしていた義母が同じ病で逝《い》った。明るい人で、書をたしなみ、歌が好きな女性だった。何より料理が上手《うま》かった。

去年の秋口、深夜仕事を小休止し一人で一杯やった。酒の肴《さかな》を出して庭を眺めて呑《の》んだ。煮物を口にすると知らぬ味覚だった。生前、義母は週に一度、私の酒の肴をこしらえて届けてくれていた。

——義母が去ったということは、あの煮物を二度と口にできないということなんだ……。

その時初めて、台所で私のために料理する義母の姿が浮かんだ。人は身近な人々を失ってみて初めて、その人の思いやりを知る。気付いた時には相手は去っている。世の中はそのくり返しなのだろう。

萩の花が咲き、彼岸が来る。家人は妹と墓参に出かける……。

この季節、車窓から墓地が見え、墓参の人が目に止まる。そこに、それぞれの時間があったはずだ。

秋の小包

春なら、梅、桃、桜、レンゲ……といった花々、夏の新緑、冬の雪景色と、車窓から眺める風景にはそれぞれ風情があるが、秋の紅葉《こうよう》はとりわけ見る人の郷愁を誘うところがある。

思うに花の咲きようは一律のところがあるが、紅葉には一葉一葉の違いがあるからではなかろうか。さまざまな木々と数えきれぬ葉が山や林を秋色に染めるのだから、見る人の気持ちを動かさぬはずはない。

照葉《てりは》という言葉があるが、まことに心地良い響きをしている。て、り、は、と口にしただけで美しく染まった葉の艶《つや》やかさが浮かんでくる。日本語の音韻《おんいん》、語感は他の国の言語より並外れてすぐれていると再認識する。

照葉には、感謝すべき思い出がある。三十年近く前、私は東京から逗子《ずし》海岸に転居し、一人暮らしをしていた。定職を持たず、将来の不安をかかえ、放埒《ほうらつ》な生活をしていた。

秋の或《あ》る日、間借りしていた宿に段ボールが届いた。故郷の母からだった。中を開けると、いくつかのビニール袋に水をふくませた紅葉した枝や実が入っていた。短い文がそえられ、〝一人暮らしでは季節の便りもなく淋《さび》しいでしょうから、母より〟とあった。

数日、その紅葉を見ながら、母はどんな気持ちで山野を歩き、息子への秋の便りを狩り、荷をこしらえただろうかと思った。少年の日、父の命で母屋《おもや》を離れて一人で住んだ時、母が牛乳瓶に野の花を挿し、窓辺に置いてくれた日々がよみがえった。

親というものが一日たりとも子供のことを忘れる日がないのを、この頃ようやく理解しはじめ、あの秋の日の小包の有難さに頭が下がる。

たしか、その折、横須賀《よこすか》線に乗り鎌倉《かまくら》に出かけて、鶴岡八幡宮《つるがおかはちまんぐう》の大《おお》銀杏《いちょう》を見学した。秋の青空の下にそびえたつ名木は黄金色《こがねいろ》にかがやいていた。その年の秋から紅葉の季節、鎌倉を散策した。円覚寺《えんがくじ》の山門の石段を登る時、頭上に色彩が降るがごとき楓《かえで》の紅葉。萩で有名な宝《ほう》戒寺《かいじ》。私は海蔵寺《かいぞうじ》の萩が好きだった。

中でも私のこころに一番残ったのは、鎌倉にいくつかある切り通しのひとつ、化粧坂《けわいざか》の晩秋の風景だった。狭い道幅ゆえに車、人の通りも少なく、坂道に一人佇《たたず》んでいると抒情的な気持ちになった。その折の記憶が、後年、作家として物語をこしらえるようになり、『白秋』という作品となった。

あの秋の日、やさしさに満ちた小包が届かなかったら、作品はおろか、どんな男になっていたろうかと想像すると、怖い気がする。つくづく有難い便りであった。

秋の海辺

電車、飛行機、船……、乗り物のシートに腰を下ろし流れ行く風景を眺めている時、自分の人生のことを考える人は意外と多いらしい。時間の中で身体とこころが揺れているからかもしれない。

人生の行く末というものが、あらかじめ運命《さだめ》で決まっているという人がいる。運命論者ともいう。そうだろうか。私はそう思わない。そうであるなら日々夢を抱いて懸命に生きている人にむなしさを与えてしまう。このことにかかわる話かどうかわからないが、私には奇妙な経験がある。

三十年余り前、季節は秋のはじめだったと思うが、はっきりしない。私は二十代で、東京での暮らしに別離しようと鞄《かばん》ひとつで家を出た。人と上手く折り合うことができなかった。ようは世間知らずの我《わ》儘《が》《まま》な若者だったのである。

東京駅に行った若者は、そこで切符売場の上に掲示してある〝路線図〟を見上げた。行くあてがなかったのだ。今さら田舎《いなか》にも戻れないし、ともかく都会を離れようとだけ思っていた。路線図の端に銚子《ちょうし》と横須賀の文字が目に止まった。

——海か……。

瀬戸内海沿いの港町で生まれ育った私は都会で海を見なかったことに気付いた。離れる前に関東の海を見ておこうと思った。

横須賀までの切符を買った。電車に揺られているうちに鎌倉を通り過ぎた。次の駅が逗子と告げられ、葉山《はやま》方面と聞いたので何とはなしに降車した。

海を見て半日過ごし、その日は葉山の釣宿に泊まった。翌日、歩きながらちいさな湾で砂浜に腰を下ろし海を眺めていた。

老人に声をかけられた。やさしそうな目をした人だった。

「いまどきの海が一番静かでいいですね。それに昼間海で飲むビールは美味《うま》いでしょう」

私は笑って、残りのビール缶をすすめた。老人は笑って断った。

今でもなぜ、その人に行くあてがないことを話したのかわからないが、老人はその海の背後にあった古いホテルの支配人だった。

「気のすむまでここにいらっしゃればいい。ゆっくりしなさい」

それから七年余り、私はそのホテルに世話になり、I支配人とホテルの人たちに見守られて過ごした。宿泊代が払えなくともI支配人は、出世払いで結構、と笑っていた。私はそれまでの放埒な生活にピリオドを打ち（？）その海岸で小説の基本を学んだ気がする。

運命が人の行く末を決めるのではなく、人との出逢い、己以外の人の情愛が、その人に何かを与えるのだと私は思う。人ひとりの力などたかが知れている。

小説をひとつ脱稿し、本が上がるたびにI支配人の笑顔を思い出し、逗子の海景を想う。そうして駅舎の、あの路線図が浮かぶ。

冬の駅舎

この頃はどうなのかわからないが、私が少年の頃、年の瀬になると、正月に帰省する家族の汽車の指定席切符を買うために、家の者が駅舎の中で徹夜をしていた。

私の家では、それは母かお手伝いの役目だった。

一度、駅まで毛布と弁当を届けに行った記憶がある。何人かの人の列に並んで母が寝ずの番をしていた。大変だな、と子供ごころに思った。

東京で就学していた長姉か、次姉の帰省のための切符だったのだろう。やがて切符が手に入ると、私や弟は切符が見たくて、母にせがんだものだった。当時の切符は今と違ってもっと厚くて硬いもので、手に取ると断裁した角から独特の紙の匂いがした。切符には区間の駅名が印刷され、細い丁寧な文字で何かが手書きされていた。それはいかにも貴重品という感じで、威厳のようなものさえあった。

「これさえあれば東京に行けるということじゃろう」

弟は手の中の切符をまぶしそうな目で見つめていた。私もいつかこの切符を手に遠い土地に行く日を想像したりした。

私の家では盆と正月に家族が全員揃《そろ》って、その日を迎える習わしになっていた。父がかつて世話になった恩人の方への墓参には子供全員が出かけた。父にすれば、あなたのお蔭で今年も皆無事に盆、正月を迎えることができました、と報告をしていたのだろう。

一度、次々姉が急に、帰省の途中スキーをして二日に帰ると手紙をよこしたことがあった。大晦日《おおみそか》から年始、父はひどく不機嫌で何かの拍子に母を怒鳴りつけていた。そうとは知らずようやく戻ってきた姉は、玄関先で父に雷を落とされて泣き出したことがあった。その時、子供たちは皆、盆と正月に帰省することがどんなに大事かをあらためて知ることになった。姉たちも嫁ぐまでは皆帰省した。息子の私は父との確執があった数年を除いては今でも毎年帰省する。私が戻らねば父は不機嫌になり、母が辛《つら》いと思っていたからだ。友人から旅正月を誘われることもあった。しかしこうして四十年余り、毎冬、帰省をしていて、この頃、よかったと思うことや、わかってきたこともある。父は子供たちの顔を見ることで、それぞれの人生に憂いはないかをたしかめたかったのではと思う。親にしか見えないものがあったのだろう。

都会で酷い犯罪が起こり、犯人にも被害者にも故郷があり、どちらもしばらく帰省していない例が多々ある。親がひと目子供を見ていれば、未然に防げたのではと思ったりする。親は無条件で己のことよりも子供の幸せを考える。そのことが子供の頃、私にはわからなかった。

若い夫婦が子供を連れ、プラットホームに降り立つ。彼等に歩み寄る老夫婦の笑顔には、人間の至福の表情がある。

寒風の駅舎で切符を得るために佇む人を辛いだろうと思っていたが、あの場所は幸福を待つ人の待合室だったのかもしれない。

元旦《がんたん》の朝の空

〝元旦の朝の空……〟

それがどんな空であったかを友人たちにたずねてみると、十人中七、八人が青く澄みわたった晴天の空の思い出を語る。

あれはどういうわけだろうか。

天気がかわりやすい冬の一日なのだから、曇る日、雨の日、雪まじりの空もあったはずなのに、ほとんどの人が、元旦の空に関しては晴天の青い空を記憶している。

斯《か》くいう私の元旦の空の記憶も、まぶしいほどの青い空がよみがえってくる。澄みわたった空、門松《かどまつ》の松葉、青竹の緑、仰ぎ見た日章旗の白と赤、風に揺れる注連飾《しめかざ》りの真新しい縄と真っ白な和紙……。それらのものが青空の下できらきらと色彩を放っていた。

不思議な記憶の共通点である。

どうしてだろうか。

思うに、新しい年を迎えた元旦の朝の晴れがましい気持ちがすべてのものを美しくさせているのかもしれない。特別に何かがあったわけではないのに、周囲の目に映るものがまぶしく見えたのだろう。

それだけだろうか。

この記憶の共通点に関して、この年末、考えてみた。

もしかして……、遠い日が、晴れがましい記憶である人は、その頃がしあわせであったのではなかろうか。

どんなしあわせだったのだろうか。

私が想像するに、家族が揃って挨拶を交わしたり、食事をした数少ない機会であったからではなかろうか。それぞれ家の事情でかたちは違うにしても、普段、気難しい顔をしている大人も、せわしなく働いていた女たちも、洗濯された衣服を着て、どこか温和で、無事に皆が新しい年を迎えることができた安堵《あんど》と喜びが表情に出ていたからではないか。それは逆に考えると、あの時代、一家が無事に年を越すことがいかに大変だったかをあらわしている。

この安堵と喜び、言葉をかえれば感謝の念を感じる日の朝のような時間こそが、実は私たちのしあわせの情景なのではなかろうか。特別なことがなくともおだやかな時間と、あらたな年に希望のようなものを家族は、この朝、見ていたのだと思う。

人は誰もしあわせを望むが、これがしあわせというものを実感する機会は少ない。むしろ切ない哀しい出来事にこころを痛める日々が多い。そんな時、人の表情はやはり曇りがちになる。

元旦の朝の空が青く澄みわたっていたように子供ごころに残っているのは、それぞれの家で、家族一人一人の表情にまぶしいものがあふれていたからなのだろう。

しあわせは決して特別なものではなく、私たちのこころの持ちようで、そこにたしかにあるものかもしれない。

暖炉《だんろ》の火

夜半、仕事をしていると薪《まき》の爆《は》ぜる音で筆を止めることがある。

暖炉の音である。

そんな時、私はしばし手を休め、暖炉に寄り、燃え立つ薪を見つめる。

すると一人の少年のうしろ姿が浮かぶ。やや背を丸め箒《ほうき》を手に床を掃いている。

親方の隣りで缶ジュースを喉を鳴らして飲む横顔、家人の言葉や親方が掛けた言葉に少しはにかみながら目をしばたたかせている姿が浮かぶ。

美しい瞳をした少年だった。

十年近く前、私は彼から素晴らしいものを見る機会を与えられ、大切なことを学ばせてもらった。

清々《すがすが》しい瞳の色もそうだが、それ以上に美しいものを目にした。

それは私の家のガレージの床であった……。

十数年前、初めて北国に住むようになり、冬の寒さの中で過ごす時、電化の暖房より、暖炉による保温の方が温《ぬく》もりが長持ちし、人の身体にも、家屋にもよいというようなことを土地の人から聞いた。

一年目は燃料店から暖炉にくべる薪を搬入してもらった。

二年目、家人が興味ある話を聞いてきた。

山形《やまがた》・米沢《よねざわ》から薪を持ってきてくれる人があり、薪の販売は半分はボランティアで、それが身体の不自由な人のいる施設への役に立てられるという話だった。

「なら、その方がいいでしょう」

その年の秋の終り、東京で仕事をしていた私に、夜遅く珍しく家人から電話が入った。

「素晴らしいものを今日見ました。帰られたらぜひ見て下さい」

その日、山形から老人と少年がトラックで薪を運んできたという。日焼けした親方と純朴そうな少年だった。一冬分の薪がガレージの脇に積まれ、木くずの散った床を家人が掃こうとすると、親方が少年を見て言った。

「奥さん、掃除までが私たちの仕事ですから、あれにさせて下さい。手伝いはいりません」

家人は少年の作業を見ていた。こんなに丁寧に床を掃く少年を見たのは初めてだったという。少し時間はかかったが、二人が去った後、彼女は床を見て感動した。わずかなゴミひとつ落ちていなかった。

二日後、帰宅した私も床を見てこころを揺さぶられた。

「時間がかかっても、こうしてゴミひとつ落ちていない方が大事ですね」

翌年、少年はまた我家にやってきた。私は面とむかって逢うのが恥ずかしくて、少年の姿を眺め、老人と家人の笑い声を聞いていた。

その日の夕刻、私は一人ガレージに入り、照明に浮かぶ床を眺めた。

――人にとって大切なものがここには間違いなくある。

仕事の基本は、丁寧と誠実なのだと思った。

我家にとって、老人と少年を迎える秋の一日は愉しみの時間となった。年毎に少年は成長し、家人と笑って話していた。

一冬、暖炉の火を見ながら、あの床の清々しさを思い出し、仕事の訓《おしえ》とした。

二年前、事情はわからぬが、薪運びは中止になった。

あの少年は元気でいるだろうか。

また春が来る

車窓から眺める雪景色というのは外気の冷たさにふれなければ、まことに美しい情景である。

川端康成《かわばたやすなり》の名作『雪国』の書き出しは、ご存知のように「国境の長いトンネルを抜けると雪国であった。夜の底が白くなった。信号所に汽車が止まった」とある。物語のはじまりとして、未知の世界へ誘うのに上質な語り出しだ。

北に暮らしはじめて、雪の舞う車窓の眺めに感嘆していた。しかし実際に一冬の何日かを、雪の中で過ごすと、その美眺に、

――降り過ぎなければいいが……。

と現実的なことを考えはじめた。

今年は年の始めから雪が多い。

雪掻《ゆきか》きする家人を仕事場から見ていると、北国の人は雪と当り前のように暮らしているのだと感心させられる。

私は瀬戸内海沿いのちいさな港町で生まれ育った。少年の頃はほとんど雪を見ることはなかった。

あれは十歳になったばかりの春休みのことだった。珍しく前夜から冷え込み、眠ろうとした時分に窓を開けると、白いものが舞っていた。

「雪じゃ。兄ちゃん、雪じゃ」弟は初めて目にする雪に興奮していた。「明日の朝起きたら積もっとるかの？　雪ダルマを作ろうぞ」「そんなには積もらんだろう」

翌朝、目覚めると窓ガラスのむこうが異様に明るかった。窓を開けると一面の銀世界だった。少年の私は目を見張った。眠そうな目をした弟も、それを見て、口をあんぐりしたままどんぐりのような目になっていた。

庭に出ると大人たちも笑って雪を見ていた。すでに雪は止み、青空がのぞいていた。それがよけいに雪をまぶしく映していた。

見ると屋根にむけて梯子《はしご》が立てかけてあった。私は弟を誘い、屋根に登った。二人しててっぺんに腰を下ろした。町が白い綿でおおわれたように白くかがやいていた。二人とも、その美しさに声が出なかった。「綺麗で、まぶしいの」弟が吐息《といき》まじりに言った。私もうなずきながら山や桟橋を見ていた。弟が足元の雪をすくって口の中に入れ、嬉しそうに笑っていた。しばらく二人で雪景色を眺めた。突然、弟がぽつりと言った。

「兄ちゃん、これが全部、砂糖じゃったらどうするかの？」

突拍子《とっぴょうし》もない言葉に私は弟の顔を見返した。弟はよく台所で母の目を盗んで砂糖を舐《な》めては叱られていた。

弟が笑った。私も笑い返し、目前の雪を見直した。

——これがすべて砂糖か……。

「もしそうならしあわせじゃの。兄ちゃん」弟の声に私はうなずいた。

二人して半日、雪景色を眺めていた。

その春、弟は小学校に上がり、末っ子で一人だけ家に残されていた不満が、やっとなくなった。前を歩くランドセルの背中が、つい昨日までの自分の姿とは思えなかった。それから十年後、弟は十七歳で海難事故で亡くなった。

今年の正月、墓参に出かけると、弟の同級生と出逢い、挨拶された。

──生きていれば、あの年格好か。

「俺は今、砂糖だらけの土地に住んでいるよ」

私はそうつぶやいて手を合わせた。

別離は切ないが、つかの間の記憶でも、人の胸の中に誰かが消えずにいることは素晴らしいものだ。

早朝、雪の庭に出ると、背後で物音がした。木蓮《もくれん》の枝から雪が落ちたところだった。

近寄ると固い蕾《つぼみ》にほのかに赤い花の色味があった。また春が来る。

ゆったりした時間

春になると、花の蕾もそうだが、子供たちの身体もふくらむように元気になる。

子供の頃、春の野山を走ると、ぬかるみが残り、転んだりしてスリ傷がたえなかった。ズボンもよく破れた。家を出る前にそれを母が見つけ、ズボンを脱がされ、繕《つくろ》い終えるまでが長かった。

「まだかの。早《はよ》うせんと皆が原っぱで待っとるがの。早う……」

「あと少しだから……」

あの頃、どこの家でも子供の外着の替えは何着もなかった。一着を大事に着ていた。

桜前線が日本列島を北上している。

九州に暮らす友から、花見の宴の便りが届いた。その便りを仙台の雪が残る庭を見ながら読んだ。つくづく日本は北から南に長い国土だとあらためて思った。

そのことを実感したのは北に暮らすようになってからだった。十年前の春、東南アジアに取材に出かけ、用があって帰りの飛行機を九州で降り、二日かけて電車で仙台に移動した。その折、博多《はかた》では満開だった桜が、岡山《おかやま》では三分咲きで、東海地方ではまだ桃の花が盛りだった。関東平野から福島にむかうと桜は蕾の気配である。

十日後、また岡山まで電車に乗ると、大宮辺りには桜がちらつき、東海地方は開花し、姫路城《ひめじ》では天守閣の下に霞《かす》む花がまことに美しかった。飛行機の移動ではこのような美眺は目にできない。

この頃、仕事をリタイアする年齢の人たちが電車の、それもゆっくりした旅を好むと聞いた。その気持ちがわかる気がする。この人たちの子供の頃は、まだ飛行機は身近なものではなく、汽車が煙りを上げて列島を疾走していた。特急、急行と言っても今の新幹線のあの速度はない。

移動の時間がゆったりしていた。

実はこのゆったりとした時間が大切なものなのだ。

車窓を流れる風景にしても、民家の軒先に咲く花木まではっきりと目に止まったし、流れる雲も、風の気配さえ感じ取れた。

人が幼い頃に体得した季節をとらえる感覚には、その人が生きてきた時間の基本があると私は考える。どんなに文明が進んでも、人が喜んだり、悲しみに耐える時間は静謐《せいひつ》であることが望ましいのだ。喜びがつかの間でも淋しいし、苦しいことがすぐに解消されては（切ないことだが）人生を学ぶことも、知ることも希薄になる。

私たちの生は積み重ねてきた時間の中で人生の大切なものを学び、その重さと深さを知る。あらゆることが自分にだけ起こることではないことも学ぶ。それを噛みしめる時間というものこそ、生きている証しなのだろう。

私たちは少し急ぎすぎたのかもしれない。

あの日、母が踏むミシンの音の中に、針仕事の音の中にあった大切なものをどこかに忘れてきたのではないか。

この春、ローカル線に半日乗って、お子さんでもお孫さんでも連れて車窓に流れる桜を眺めてはどうか。

きらめく棚田

十年近く前、スペインのマドリードからアラゴン地方へ列車の旅をしたことがあった。数時間、荒寥《こうりょう》とした風景を眺め続けた。その風景は風景でものを想うきっかけにはなったが、あきてしまった。

その点、日本の列車の車窓に映る風景は変化に富んでまことに美しい。花木、山河が季節ごとに移ろう様子は見る人のこころにやすらぎを与えてくれる。その季節にしかない美眺がある。

今なら田植えのために水を引き入れた稲田だろう。夕暮れ、傾く陽射しに水田がきらめいている光景は思わず感嘆の声を上げてしまう。

やがて月が昇り、棚田に月影が浮かんだ姿は幻想的ですらある。〝田《た》毎《ごと》の月〟という風情ある言葉があるほどだ。

子供の頃は、これほど美しいものが身近にあることさえ気付かなかった。

あれはもう五十年近く前になるのか、雨の中を母と二人で堤道を歩いていた時、母が急に立ち止まり、「大変な仕事ねぇ……」とつぶやいたことがあった。見ると雨に煙る中で田植えをする人々がいた。ひとしきり見つめたあと母は言った。「感謝しなくちゃねぇ」それは母の口癖だった。母はよく炎天下に野良仕事をしたり、荒海に出る漁師さんたちを見て、そう言って頭を下げていた。少年の私と弟は、母の口癖を真似て、何かあると二人で声を揃えて、感謝しなくちゃねぇ〜、と言っては笑い合っていた。

その弟が、或る時、神妙な顔をして私のところに来た日があった。「兄ちゃんは母ちゃんの誕生日を知っとるや?」「知らん。なしてそないなことを訊くや」「うん……」黙ってる弟に訳を尋ねると、弟は誰に聞いたのか、〝母の日〟というのがあると私に告げた。当時母の日の存在は知られていなかった。「何じゃ、それは?」「母ちゃんにありがとうと感謝する日じゃ」「ほう、そんな日があるのか……」

私は何か言いたげな弟の顔を見た。

翌日、私と弟は駅前にある衣服店に二人のありったけの小遣いを持って行き、その金で買えるものを女主人に訊いた。事情を話すと女主人は一枚のハンカチを出し、それを包んでリボンをかけてくれた。私と弟は、家に帰ってそれを母に渡した。母は驚き、私と弟に頰ずりをした。母は泣いていた。

「どうして母ちゃんは泣いたんじゃろうか」「ほんとじゃなあ」

そのハンカチを母が使うのを私は見たことがなかった。

数年前、妹から或る話を聞いた。それは母の身の回りのものの片付けを手伝っていた時、リボンのかかったちいさな古い包みが出てきて、「母さん、これ何？」と妹が訊くと、母が私と弟が五十年近く前にプレゼントしてくれたものだと嬉しそうに言ったという。

「……そんなことがあったなあ。でもそれは弟が言い出したんだ」

「そうなの……」

母はまだ八十八歳で元気である。

妹にその話を聞かされて以来、私はこの季節、美しい水田を目にする度に、弟と私に頰ずりした若い母の顔を思い出す。そうして亡くなった弟にむかって母の口癖をつぶやく。感謝しなくちゃねぇ。

骨太の指

高校生の時の恩師・M先生の三回忌に出席するために、初夏の某日、帰省した。

在来線に乗車し、車窓を流れる積乱雲を眺めていて、遠い日、父と汽車に乗った時のことがよみがえった。あとにもさきにも父と二人で乗り物に乗ったのは、その一度だけだった。五十年前の話だ。

あの日、父と私は食堂車に座っていた。父は麦酒《ビール》を注文し、私はソーダ水を飲んでいた。テーブルの上にピーナツが載った銀色の小皿があった。父がそっと皿を私の前に置いた。たぶん少年の私は物欲しそうな顔をしていたのだろう。ピーナッツの味は覚えていないが、皿を私に押しやった父の大きくて太い指先は記憶しているのだ。

私は父と話をしたことがほとんどない。汽車やバスの中で子供が騒ぐのを父はひどく嫌っていた。汽車での家族旅行も父と母が一等で子供たちは皆二等と決まっていた。今考えると、車内には大人の空間があり、そこに礼儀が必要なのが常識の時代だったのだろう。

父は寡黙な人だった。子供たちにとって怖くて、絶対の存在だった。いったん怒り出すと家中がピリピリしていた。

私は思春期を迎えた頃、すべてを自分の思うようにする父に反抗し、疎《うと》ましく思うようになった。やがてその感情が父と私に長い間確執を持たせてしまうことになった。間に入った母はさぞ苦労したと思う。

父のことを誤解していたと数年前に私は気付かされた。それは一人の老人から聞いた話だった。

私は一九五〇年に一家の四番目の子供で、長男として生まれた。その折、男児を望んでいた父の喜びはひとしおだったという。

その年、父の祖国である朝鮮半島で戦争が勃発した。朝鮮戦争である。大勢の人々が巻き込まれ、悲惨な戦争が三年余り続いた。

その戦争の最中、母の下に、韓国に帰った弟が戦乱の中で追われる身となり、母の両親が家の庭にちいさな穴を掘り、そこに息子を匿《かくま》っていると報せが届いた。母は嘆き哀しんだ。父はその報せを聞き、単身海を越え、戦場の中を駆けずり、義弟を救出し、すべてを解決して一ヵ月後に家に戻ってきたという。

私は、当時、父の下で働いていた老人からその話を聞いた時、にわかには信じ難かった。妻と四人の子供がいる夫、父が、弾丸が飛び交い、爆撃がくり返される戦場に義弟のために平然と立ちむかえるものだろうか。

父は三年前の春、九十一歳で亡くなった。その話を父は一切しなかった。そういう気質の人である。

この頃、自分を恥じる。青二才は何も知らず父によく逆らっていたと。同時にたった一言でいいから父を尊敬していたこと、感謝していることを言えなかったのか。

大きな入道雲を見ると、父の大きな背中と食堂車で見た骨太の指がよみがえる。人は誰でも悔やみを持つことが人生なのだろうか。

或る夏の朝

今年、北の夏はいちどきに迫っている気がする。

我が家の庭も家人が懸命に育てたバラ、うつぎ、下野草《しもつけそう》、紫陽花《あじさい》が花をつけている。

「三年目でようやく咲いてくれました」と蔓《つる》紫陽花を見ている。犬たちまでが尾を振っている姿を見ていると、子供を持った経験のない彼女にとって草木と犬は子供と同じなのかもしれない。

犬も草木も放っておいても育つように思えるが、そうではない。〝育〟の字は〝育む・はぐくむ〟とも読む。読み方の由来は、〝羽包《はくく》む〟で親鳥が仔《こ》を羽に包んで成長させるところから来ている。

さまざまな愛情を私たちは知っているが、親の子供に対する愛情ほど強くて尊厳のあるものは他にないだろう。ところがその愛を一身に受けている当人の子供の方は、親の愛をいつも身にしみては感じていない。むしろ何事かを注意されると鬱陶《うっとう》しがったりする。子供はそれでいいのだと思う。やがて年齢を重ね、子を持つようになれば親がしてくれたことがわかるし、親が亡くなった時にさらにその思いは深まる。皆同じような経験をするのが世の中なのだろう。

子育ては決して順調にいかない。どんな親子もそれを経験する。

生きものの悲哀の中で子を亡くした親の姿ほど切ないものはない。

四十年前の七月の午後、瀬戸内海のちいさな湾から一人の若者がボートを漕《こ》いで沖にむかった。

サッカーで心身を鍛えていた十七歳は、将来、冒険家になるのが夢で、単独でその日もボートを漕いで鍛錬に出た。その数日前に東シナ海に台風が近づきつつあった。海は少しずつ波が高くなっていた。

夕刻になって貸ボート屋の主人が若者がまだ戻らないと海の家に報せにきた。更衣室に学生服と靴が残っており、ほどなく無人のボートが岩場に着いているのが判明した。すぐに家族に連絡が入った。両親は急いで浜に駆けつけ、たそがれの中で捜索がはじまった。沖合いで何があったのかは誰もわからなかった。折悪しく、その夜から台風が九州、中国地方に接近し、もうひとつの台風も続き、暴風圏内で海は荒れ狂った。

家族はほとんど寝ずに捜索を見守り、父親は海に出て行った。母親は海辺を歩き続けた。高校の人気者だった若者のために百人以上の学友が手をつないで海辺を歩いた。

十日後の夜明け、日差しが戻った朝、母親が突然、声を上げて沖合いを指さした。いとしい息子が浮上してきたのである。父親と兄は急いで船を走らせ、若者を抱き岸に寄せた。引き揚げられた我が子を母親はじっと見つめ海藻《かいそう》を取り、濡れた頬を拭《ぬぐ》っていた。皆沈黙していた。彼女はそれまで人前で感情的になることのない人であった。検死の医師がやってきた。その時、母親が大声で言った。

「先生、この子は一生懸命に身体を鍛えていた、丈夫で、素直な子です。どうぞ生き返らせて下さいませ」

夏が来る度、私はその声を思い出し、母は弟の写真に、何歳になりましたかと菓子を手に笑う。

私が今日まで無事に生きられたのは弟の無言の声だと信じている。

夏のよろこび

夏休みになるとプラットホームに子供たちの姿が多くなる。見ていてほほえましいのは孫を迎えに出た祖父母の表情と名前を呼んで飛びついていく子供の姿である。人間が見せる幸福の光景の中でもきわだつひとつである。

プラットホームの少年が真剣なまなざしで一点を見つめている姿も私は好きだ。視線のむこうには電車の先頭車輛があり、運転手の勇姿がある。子供は電車が好きだ。私は大声を上げて喜ぶ少年より、他の子より少し離れて立ち、それでいてこれ以上ない感激に満ちた目をしている少年に引かれる。彼が傍らの若い父なり母なりの手をそっと握っている、その力で親は我が子の感情を知る。見ていると彼等は必ず親に短い一言、二言を伝える。親はうなずいて答える。子供が最初に発する言葉は彼等の感情が昂《たかぶ》った時の対象にむかってのものらしい。

「あの短い言葉にも土地のアクセントなり、情感があるのだろう」

日本の北国の言葉が、ゆたかで美しいことは、これまで多くの民俗学者、言語学者、文章にたずさわる人々が述べている。私がそのことを聞いたのは、作家としてデビューした当時、先輩作家の井上《いのうえ》ひさしさんからだった。

「他にたとえる言語がないほど北国の言葉は、ゆたかで喜びと哀愁《あいしゅう》に満ちたものです」

井上さんは山形で生まれ、高校時代は仙台で送っている。北国は井上さんの原風景がある場所だ。

その話を聞いた時、北国を訪れたことのない新人作家には正直、よく理解できなかった。哀愁は何となしにわかるが、喜びをどう表現しているかがピンと来なかった。

北の地に暮らしはじめて井上さんの言葉がようやくわかりはじめた。言葉というものは人間の幹のようなものだとあらためて思った。

青森をねぶた祭りの時期に訪れたのは十数年前であった。夜空を染め上げそうな山車《だし》の勇壮さにも驚いたが、くり出した〝はねと〟と呼ばれる踊り手たちの活気に圧倒された。まるで一夜で命が燃えつきてしまいそうな勢いで、鈴の音が彼等の歓喜の叫びに聞こえた。

――これか、井上さんのおっしゃった喜びとは……。

「はねるんでねが？」

そう訊いて駆け出した娘さん。

若く美しい女性たちが顔を紅潮《こうちょう》させてはねる姿はつややかで、北の女性たちの内に秘めた情熱を垣間見《かいまみ》た気がした。

北国は井上さんをはじめとして日本人に恩恵を与えている多くの文学者を輩出している。彼等のあの素晴らしい作品群は、少年、少女時代に身体の中にゆっくりと育まれたゆたかな北の言語が大きく影響しているのだろう。

帰省してきたお孫さんに北のお国訛《なま》りで話してあげることは大切な時間なのかもしれない。

差しのべる手

これが夏の終りだ、と感じる時は少ない。季節の終焉《しゅうえん》とはそういうものだ。そのかわりに次の季節の訪れを肌で感じた時、ひとつの季節が去って行くのだろう。

地球の温暖化で少し気候がおかしいと言う人もあるが、地球が生きているのだからそう順調であるはずがない。考えすぎない方がいいし、季節というものの境界は元々曖昧《あいまい》だ。この曖昧で微妙な期間が実は案外と長く、不安定な気候で体調を崩したりする。昔から家中に年寄り、子供がいる場合、女たちは準備を怠らなかった。〝衣更《ころもが》え〟という風習は暮らしの知恵だったのだろう。子供の頃、いつの間にか夏服が消え、少しずつ温もりを保つものにかわっていた。祖母や母が彼女たちの仕事をきちんとしてくれていた証しだ。

電車に乗った時の私の愉しみのひとつに窓から見える野球のグラウンドの観察がある。サッカーが人気といってもまだまだ野球は日本人の好むスポーツのナンバーワンだ。そのグラウンドが目に止まると、どんな野球をしているのだろうかと身を乗り出してしまう。少年野球、中学、高校野球、社会人野球、楽しそうな草野球もある。

「ほう、こんな場所にいい野球場があるものだ」と感心させられる時がある。そう思った瞬間、私はグラウンドキーパーの姿を想像する。衣更えの話ではないが、グラウンドも生きものだから伸びすぎた夏草を刈《か》ったり、霜《しも》の時期が続いた春先は新しい土を入れたり、掘り返したりしてやらねばならない。風が運んだ小石も丁寧に取る。プレー中の選手が怪我《けが》をしてしまう。

秋にむかうこの季節、車窓に映る野球場に初々しい姿がある。新チームの練習がはじまる。選手の動きもユニホームもまぶしい。

新チームの話でメジャーリーグの松井《まつい》秀喜《ひでき》さんからいい話を聞いたことがあった。

彼が中学だか高校だかの夏の終り、すべての大会が終って野球部の部室に荷物を取りに行った。新チームにすべてを譲る時だ。荷物を片付け、ふとグラウンドを見ると人影があった。あれっ、誰だろう？新チームの練習はたしか二日後だぞ。その人影は炎天下でグラウンドを黙々と整備していた。監督である。彼は驚いた。同時にこの人が去年も、その前の年も残暑のグラウンドに立っていたことがわかった。

知らなかった……。

「新チームの練習がはじまる。新しい一歩がはじまり、ここで汗と泥にまみれる。泣く時もあるでしょうから、この土に選手をよろしくと思いを込めて一日整備をするんです」監督はそう語ったという。

日本人には育とうとする若木に手を差しのべ、無事を祈る習慣がある。若い時はそれに気付かない。車窓に野球場が見えたら、支えてくれている人を思い、自分にとっては誰だったかを思うのもいい。

帰省

北国に移り住んで感心したことはいくつかあるが、そのひとつに紅葉の美しさがある。

私が生まれた中国地方、そして九州にも紅葉の名所はあるが北の地のあざやかさにはかなわない。おそらくその理由は葉が染まる時期の寒さのせいではないかと思う。

以前、北海道の夕張《ゆうばり》を旅した時、一夜にして山の色彩がかわったのを、早朝に宿から見て驚いたことがある。草木が生きている証しではあろうが、落葉、朽葉《くちば》の前に葉がこうした姿を見せることに自然の持つ神秘のようなものを感じる。別離のメッセージにもとれる。そして、紅葉ののち厳しい冬を迎える。

北の地の寒さは小説の中でしか知らなかった。若い時の愛読書に『忍ぶ川』があり、新人作家の時代に『白夜を旅する人々』と出逢った。どちらも三浦哲郎《みうらてつお》氏の作品である。このふたつの作品に描かれる冬の情景はまことに美しい。同時にその厳しさを受け入れて生きる人々の温もりが伝わる。さらに言えば人間の宿命と情念を見つめることができる。特に『忍ぶ川』は日本人の大切にしてきた慎《つつし》み深い情愛のあり方が読む人のこころを揺さぶる。故郷を出て上京した若者が一人の女性にめぐり逢い、彼女と生きる決心をして、故郷の母に紹介するために二人で帰省する。雪深い季節、底冷えのする土地で、そこにあるたしかな家族の絆《きずな》は、今も日本のどこかで若者と親の間でくり返されてきていることだ。相手に故郷を、家族を見てもらうということは自分をさらけ出すことでもある。よく息子なり娘なりが選んできた相手に対して、その結びつきを反対する親があると聞くが、それはひと握りのことであり、親は子の見初《みそ》めた人を受け入れるものだ。内心は心配や気がかりがあっても、己のことより子供のしあわせを一番に考えるのが親である。子供は親に相手を気に入って欲しいと願う。『忍ぶ川』の一節に嫁を連れて帰ってきた息子に母が一言、そっと語る。「こんどのことは、あんたには上出来じゃったの」主人公の青年はその一言がうれしくて「うん」と応える。小説ではあるが母と息子、そして相手の女性の喜びはいかばかりであったかと想像する。

世間には親に反対され、新しい出発をする家族もある。妙なもので その人たちがしあわせな家を作っているケースも多々ある。だが忘れてならないのは反対した人もこころの隅に悔みがあることだ。和解は人間にあらたな光を与える。どんなに遅くになってもいいから和解を試みることだ。それがどちらからでもいい。人のこころは私たちが考えているほど狭くないし強いものでもない。

今夏、三浦哲郎氏が逝去なさり、通夜《つや》に伺った。生前、私は氏に大変世話になり、その礼を夫人に申し上げた。『忍ぶ川』のモデルとなったと言われる美しい方だ。私は氏に直接、礼を言えずに終った。人から受けた恩はその人に返すことができず、まったく違う誰かにその恩情を返すのが世の常なのだそうだ。

北の地には車窓から眺めることができる美しい紅葉がある。一度見てみたいものだ。

黄金色の時間

晩秋の早朝、私たちは少し早目に家を出た。
路地から大通りに出ると海鳴りの音が聞こえた。
その海潮音を背にして、私たちは朝の若宮大路《わかみやおおじ》を歩き出した。
一の鳥居《とりい》、下馬《げば》、そして鎌倉駅を左に見て、段葛《だんかずら》の道を進んだ。
冬の気配がする山からの風に桜木に残る葉がひらひらと舞い降りていた。
かたわらで彼女がつぶやいた。
「この間、この道を花嫁さんが通るのを見たよ」

「…………」

私は黙って、その声をうつむき加減に聞いていた。

私たちは鎌倉に新居を見つけ、二人で暮らしはじめて数日が経っていた。

やがて鶴岡八幡宮の境内に入り、舞殿《まいでん》を過ぎた。

「わあ、綺麗……」

彼女の甲高《かんだか》い声に顔を上げると、本殿にむかう石段の左手、名物の大きな公孫樹《いちょう》から黄金色の葉が山からの突風にあおられ、いっせいに落葉していた。

思いがけない美眺に、私たちはしばし足を止め、きらめく落葉に目を奪われていた。

「綺麗ですね。いいものを見ました。これってきっといいことがある前兆ですよ」

彼女はまぶしそうに公孫樹を見上げ、目をしばたたかせていた。

「そうだといいね」

私たちは本殿に参拝し、それから由比《ゆい》ヶ浜《はま》に出た。

稲村《いなむら》ヶ崎《さき》のあたりにかすかに汐《しお》の霧が湧いていた。

あの晩秋から二十六年が過ぎた。

その朝のあざやかな落葉を、つい先日、ふとした折に思い出した。

どうしてそんな以前の記憶がよみがえったのか、私はわからなかった。

ただ彼女の笑顔をひさしぶりに見たことが救いだった。救われた気がした。

その参詣《さんけい》は、翌年はじまる彼女の初の舞台の無事と成功を祈るためのものだった。

祈りはかなわず、彼女は舞台の途中で病気が見つかり、二百日余りの闘病生活の後、亡くなった。

二十七歳という早過ぎる彼女の死は、若かった私に想像を超えたさまざまなものを与え、私は動揺し、彷徨《ほうこう》の日々を送った。

北の地に暮らして十七年の歳月が過ぎた。

春、夏、秋、冬と北の地でしか見ることのできない美しい風景や人の情にふれた。

七年前から私にも愛犬ができ、夜半、仕事の合間に彼（犬）と庭に出て、星を仰ぎ見たり、庭の闇の中から聞こえる蛙《かえる》の声、虫の音を聞き、そして雪灯りの中に降り積む粉雪を眺めている。

歳月というものは人のこころのありようをかえる。それを〃時間がクスリ〃と言う人もある。

それでも近親者の死は当人にしかわからない苦衷《くちゅう》を残す。記憶はあやうさをともなって不意に忍び寄る。

それでも私は数年前に聞いた一人の老婆の言葉を思い出すようにしている。

「あなたはまだ若いから知らないでしょうが、哀しみにも終りがあるのよ」

ストーブ列車

その土地のことをよりよく知りたければ、寒い土地へは寒い季節に訪ね、極暑の地には暑い時期に足を踏み入れるのがよいと言われている。

ただ旅の目的が仕事の合い間の観光や、普段の疲れを癒《いや》すためなら過ごしやすい季節を選んだ方がいい。その方が好印象の旅になる。

私の旅は大半が仕事をともなっているから観光シーズンの混雑を避けることが多い。私の旅の基本は一人旅で、見知らぬ土地を一人で歩き、そこに生きる人、そこにしかない風習、そして気候風土を肌で知ることを旨としている。一人旅には孤独と危険がともなうが、逆に淋しさを感じるがゆえに、その土地のぬくもりのようなものと出逢える喜びもある。

旅の思い出を作りたければ、目で見たり、耳で聴いたり、肌で感じてわかり易《やす》いものを探すことだ。ギザのピラミッド、レマン湖の早朝の教会の鐘の音、アラスカの冷気などは今も私の身体の中にあざやかな記憶となって残っている。思い出を得るなら単純な方がいいようだ。

夏と秋の青森は数度訪ねたことがあるが、冬の青森は知らない。冬の青森に足を踏み入れたなら本当の青森の表情がわかる気がする。

――ストーブ列車に乗りたい。

それだけでも果たせればどんなに愉しいかと想像する。それも観光ではなく土地の人々が暮らしの必要性から利用しているストーブ列車である。今もそれが存在するのかどうかは知らないが、そこで土地の人々が交わす言葉に耳を傾け、防寒着の中にもきっとあるであろう若い娘さんやお婆さんの女性らしい装いを見てみたい。

〝東北の人々の言葉は美しい〟と作家の井上ひさしさんの発言にある。私も同感である。日本で一番品性のある言葉ではとさえ思っている。美しい言葉は人に美しい表情を与える。これも本当だ。

「ストーブ列車に乗って何を経験したいですか」と訊かれれば、――電車の曇った窓を指先で拭き、そこから見える夕暮れの雪野が見たい。

それで十分だが、もしそこに夕餉《ゆうげ》の時刻の家灯りが見えたら、私なりに北の地の冬の団欒《だんらん》を想像してみたい。不思議なもので人間の想像力というものは、その土地に実際に足を運び、そこで目にしたものから呼び起こされるものが一番あざやかである。

ソクラテスが言うには人間は生まれながらにして徳と、美しいものを理解できるようになっているそうだ。私はこの考えを信じている。

車掌さんに叱られるかもしれないが冷えてしまった弁当をストーブのそばであたためてもみたい。少し匂いも立つが、それがいい。

ほどなく青森まで新幹線がつながる。高速の列車で辿《たど》り着いた後でゆっくりと子供の頃を思い出しながらストーブ列車の客となるのは上等な旅かもしれない。

寒牡丹《かんぼたん》

逗子、鎌倉に暮らしていた頃、冬の寒い朝、窓を開けると美しい海景を見ることがあった。

年が明けての一月から二月にかけての早朝、時折見ることができる風景だった。

海一面が白い霧のようなものでおおわれ、その白霧《はくむ》がゆっくりと海面を流れていく。湾全体に霧が立ち込めているのではなく、鎌倉、由比ヶ浜なら、稲村ヶ崎、材木座《ざいもくざ》あたりの海岸線ははっきりと見えて、海面だけに白霧が揺れている。

私は最初、この美眺を逗子海岸で見た。

早朝、部屋の窓を開けると、海がミルク色になっていた。よく見るとそれは霧か、蒸気のようだった。

——何が起きたんだ。この夢の中のような光景は……。

夜が明けたばかりだったので、まだ夢の続きを見ているのかと錯覚したほどだ。右手の小坪《こつぼ》の鼻、左方の葉山、長者ケ崎《ちょうじゃがさき》に連なる岬はくっきりと見える。

——まるで映画のワンシーンのようだ。

溝口健二《みぞぐちけんじ》監督の映画『雨月物語』の或るシーンを彷彿《ほうふつ》させた。

もし今、ここに沖から小舟があらわれて、その舟に美しい姫の姿があれば、若い漁師は魅せられて海に入ってしまいそうなほどあざやかな眺めだった。

幻想のような海は三十分もしないうちに元の冬の海になった。

あとで聞いたところによると、冬の寒い朝に海上に冷気が流れると海水の温度との関係で霧が立つ現象のようだった。

私たちの暮らしている街なり土地にはまだ気付かない美しい眺めがあるのだろう。

私が最初にそれを見たのは一月中旬で、その年、私は父との確執が起こり、帰省をせず一人で正月を迎えていた。生家に戻らぬ正月を初めて経験した。

母から連絡があり、松の内を過ぎてもいいから「父さんに顔だけでも見せてもらえませんか」と言われた。父の顔を見たくなかった。長男が不在の正月に父はひどく不機嫌になり、母はずいぶんと心痛したようだった。

正月に家族全員が顔を揃えることが親にとってどれだけ嬉しいかを今ならよくわかる。若いということは己の視界しか目に入らない時が多々ある。親というものは何より子供を思っている。そのこころねが子供には見えない。何度も世間でくり返されてきたことだ。

そんな冬、私は鎌倉の鶴岡八幡宮に参詣した。境内に入ると右手の庭にちいさな藁囲《わらがこ》いが見えた。

——何だろう。

とそばに寄ると、中に緋色《ひいろ》の寒牡丹《かんぼたん》が咲いていた。

思わぬ美しさにしばし見惚れた。

その時、実家にいる母の顔がよみがえった。

母はよく私の部屋に花を飾ってくれた。高価なものでなく近隣の農家の人が摘んでくる花々だった。

「淋しいだろうから、花でも……」

その瞬間、母の私に対するこころ遣いを初めて知った。

あの冬から三十五年が経つ。母は実家でまだ元気だ。

父の帰省

季節が少しずれてからようやく帰省できる人は世の中には案外と多いのではないかと思う。

仕事の関係や、家庭の事情でそうならざるを得ない人々が、二月の電車に乗っているはずだ。

そうしてその人の帰省をこころ待ちにしている人がいる。

土産品《みやげひん》の入った鞄を膝の上に載せ、子供や妻、両親の顔を思い浮かべながら車窓に映る景色を一人見つめている。やがて見覚えのある故郷の山河が視界の中に入る。その時の喜びは私たちの想像を超えるものだろう。

父が年の瀬に仕事先の街で怪我をして入院し、父が不在の淋しい正月を送った年があった。二月の初めに父が帰る日が決まった。

数日前から母は父の好物の料理を準備し、子供たちは正月用の晴着を着るように言われた。

前夜、床についても皆興奮してなかなか眠《ね》むれなかった。

「明日って、もしかして節分じゃありませんか」

お手伝いが言った。

父の帰省のことに皆が気を取られて気付かなかった。

「ということはマー坊（弟の愛称）の誕生日だ」

「うん」

と弟が元気な声を上げた。

「そうですよ。明後日はお父さんの誕生日。その五日後はお兄ちゃん」

母が嬉しそうに言った。

私の誕生日も七日後だった。

「お正月と、節分と、男の人たちの誕生会……、いっぺんに春が来ますね」

母の声がはずんでいた。

父は松葉杖《まつばづえ》をついて帰ってきた。そんな父の姿を見るのは初めてだったから子供たちは驚いた。

その日の夕食はご馳走《ちそう》が並び、皆が父の顔を何度も見ていた。

食事後、子供たちは父からそれぞれの土産品をもらい、顔をかがやかせ礼を言った。

「さあ豆まきをするか」

福は内、鬼は外……、父の大声が響き、子供たちもそれに続いた。

雨戸や縁側に豆の当たる音がし畳の上を走る音に、私は弟と二人で豆を拾って口に入れた。

固い豆を噛んだ感触と口の中にひろがった香り……。〝福は内〟という言葉の福が、父のことのように子供ごころに思えた。

あの冬から五十年余りがたつ。

遠い街から父を乗せてきてくれた電車はどんな車輌だったのだろうか。若かった父はどんな顔をして車窓を流れる風景を見ていたのだろうか。

どんな家族にも、その家族なりの喜び、そして哀しみはある。

電車に乗るたびに、一人車窓を眺めている人を見かけると、できることならこころ躍る電車行であって欲しいと思う。

私が車輛の中で静かにするのをこころがけるのは、そこに哀しみの帰省をする人がいるはずだと思うからだ。

そう考えると電車は人々の人生を乗せて走っていると言っても過言ではあるまい。

先生と電車で

大切だったことはほとんどが電車からはじまった気がする。

初登校して一学期の成績がオール1だったダメ少年を、T先生が或る日曜日、友人のF君といっしょに下関まで電車で一日の写生旅行に連れて行って下さった。この時、私は生まれて初めてT先生から「いい絵だよ」と誉《ほ》められた。その時のむずがゆいような感情と春の陽差しにあふれていた瀬戸内海のかがやきを今も鮮明に覚えている。T先生のお蔭で自分にも何かができるんだと思うようになった少年は、次の春、近所の少年野球の監督さんに連れられ、関門《かんもん》トンネルを潜り、博多に行き、平和台《へいわだい》球場で球形の青空と大人たちの素晴らしい野球を見て夢中になった。

次の年の秋、母は忙しい最中、私を倉敷《くらしき》の大原《おおはら》美術館に連れて行ってくれた。そこでモネの『睡蓮』を見て感動した。そのことが後年、美術館を巡る旅に行くきっかけとなった気がする。

高校生の時、新任のM先生が、〝コスモポリタン（世界市民）〟という言葉を教えてくれた。

——差別なんかなくなるんだ。

言葉が世界を変えてくれた。

上京する電車の中でM先生がボールに書いてくれた〝自己実現〟という文字を見ながら、自分というものを発見し、何かをなさねばと春の風景が流れる車窓を眺めていた。

三十代のなかばで家族をなくしさまよっていた自分にI先生は、

「弥彦《やひこ》の桜を見に行きましょう。あの村でゆっくりすればきっと元気になります」

とやさしく言ってくれた。

I先生は立派な文学者で、その上〝ギャンブルの神様〟と呼ばれていた。突然、睡魔に襲われるナルコレプシーという病気をかかえながら私をいつも気遣ってくれていた。いろんな人と、いろんな先生と、家族と私は電車に乗って、人生のまぶしい時間がある場所に連れて行ってもらい、人生の一番大切なことを教わった気がする。

人から受けた恩は、その人には返せないのが世の常らしい。親孝行ひとつを取ってみてもそれはわかる。親の最後の、最大の教えは、親が亡くなることで子供が人生を学ぶことであるという。

それは親だけではない。先生だってそうである。

T先生にお礼が言いたかった。

M先生とは、先生が癌《がん》を患ってからもう一度哲学の授業を二人ですることになった。M先生にもう少し訊いておきたかったことが亡くなってから次から次に出てきた。

I先生が亡くなったのは二十二年前の春である。腰をすえて執筆をしようと岩手、一関《いちのせき》に居を構えられてほどなくのことだった。

いつかI先生がどんなに素晴らしい先生だったかを書こうと思い、それがこの春ようやく本になった。その本の冒頭にこう書いた。

〈その人が

眠むっているところを見かけたら

どうか　やさしくしてほしい

その人は　ボクらの大切な先生だから〉

（『いねむり先生』より）

春になったら先生と電車で出かけてみたい。かなわぬ夢を抱いて春の中を今日も電車が走る。

第二部　それでも前へ進む

二〇一一年三月十一日後の風景

震災後、日本人の風景はどう変わったか。

電車が動き始めたのは、震災から一ヵ月後（編集部註・東北新幹線は四月十二日に東京―福島間が復旧。福島―仙台間は東北本線を使用。東北新幹線全線再開は四月二十九日）。修理の終わっていない仙台駅の天井を見上げながら、列車に乗った。

徐行運転で東京へと向かう。

窓の向こうに広がるのは、半壊した家屋の屋根だった。雨漏《あまも》りを避けるためブルーシートで覆われていた。東京へ近づいていく、つまり被災地から離れていくと、明らかに町並みが正常になっていった。

——あれだけの状況はどこへ行ったのか。

違和感を覚えた。実感の持てない、まったく知らない街へ入っていくようだった。

いつも降りる上野《うえの》駅に着いた。当然、街は普通だ。ただ、街をゆく人たちの顔をみると、皆、不安げな表情を浮かべている。

この日は、東京に着くと同時に様々な取材を受けることとなった。誰もが、あの日と、あの日からこれまでのことを聞こうとした。

その中に二十代の若い記者がいた。彼は取材が終わると、私にこう聞いてきた。

地震のことをテレビや新聞で知っただけで、自分はいま、こうしてこの場で生きていていいのだろうか？　自分は何かをしなくちゃいけないのではないか？

哀しみを受けた人たちのために、現地に行ってできることがあるのではないか、と彼は訴えた。

私はそれに感銘した。この国はまだ大丈夫じゃないか。

夜、彼等とともにお酒を飲みながら、ふたたびそんな話が出た。

その気持ちを持ち続けていくことだよ。いますぐに現地に入ってもできることはないから、入れるようになったら一度見に行ってみるのがいい。そう彼らに話した。

私もなぜ日本だけがこれほどの災害に襲われたかを考えた。

正直、神というものが存在するなら、なぜ、こんなことをと尋ねたかった。

その時期、ある政治家が「天罰」という発言をし、その言葉を聞き、いまの日本の在り方、日本人の生き方を考え直すべきだという人がいるのだと思った。いまの日本は、人間の生き方として間違った方向へむかっているんじゃないのかと考える人が、どれほどいるのかわからないが。

その政治家は我欲にまみれた政治、政治家のことを言っていたが、それは例えば、拝金主義や格差社会といったことかもしれない。私もこの発言には考えさせられた。

そういう考え方が出てくる一方、若者が、自分たちがこうして何もできずに生きていていいのだろうかと思い悩む。非常に対照的だった。

そのとき思ったのは、震災はとてつもない悲劇であったけれど、何かの分岐点になるかもしれないということ。彼等若者のひたむきな思いには、日本という国のこれからの未来を示唆《しさ》するものがあると感じた。

この国はおかしなことになってしまう

様々な取材を受けていくと、東京から避難していった在日の外国人の話が多く入ってきた。アメリカやヨーロッパの人たちは、関西方面へ移動したり、急遽《きゅうきょ》本国へ帰っていったという。

そういったことは、ほとんどマスコミには出なかった。

日本と、日本以外の国の原発事故をめぐる見方は明らかに異なっていた。落差があった。欧米ではははっきりと「メルトダウン」と報じる国があったが、震災後の電力会社の対応、政府の対処の拙《まず》さについて、日本のマスコミは状況を見抜けていなかったように思う。

——欧米人から見たら、極東アジアのこの小さな日本列島は、国民に正確な報道をしようとしていない。もしかしたら、すでに国家としての形を成していないのかもしれない。地震というのはそれほどまでに手の打ちようがないものなのか。

震災から二週間、連絡も通じるようになった頃、フランスの友人から電話があった。彼は、いますぐ日本を離れ一家でパリに移って来なさいと言った。むこうでは家まで用意してくれるという。

家人には、もしそういった不安があるなら考えてみるかと話したが、彼女はそれを望まなかった。

あなたはどうなの？　と問われたとき、私の中には一つの答えがあった。

東北には多くの作家が住んでいるが、年齢的にも私は上のほうである。いまなにが起こっているのかを冷静に見て、考え、記憶し、人間の記録として残す。そういう役割を担える者は多くはいないのではないか。

その一人として、これから将来、もっと大きな地震が重なったときのためにも、この場に留まり、しっかりと記録に残す必要があると考えた。それは震災を経験した私の仕事である。

フランスの友人にはそのことを伝えた。

外国人が次々と日本を離れていく。原発がメルトダウンした——欧米ではそのように報じられ、彼等がそう考えるのは仕方ない。

でも、私たちはここから去ることはできない。

東北という土地は、これまで日本が存亡の危機に直面した際、常に矢面《やおもて》に立ってきた。日清《にっしん》戦争しかり、日露《にちろ》戦争しかり。東北の人々は国土を守るために戦ってきた。

土地に対する愛着が強い人々なのだ。国を守る、故郷を守る、それは東北の人々だけでなく、すべての日本人が持っている誇りだ。歴史の中で、日本人が国を棄《す》て、流浪《るろう》の民になったことはない。これからの選択肢としても、ないだろう。

震災後、東京でも混乱は起きていた。トイレットペーパーが買い占められ、店からミネラルウォーターがなくなった。

そういった行動に走るのは、故郷を持たない、いわば仮住まいの人たち。隣近所の人たちと頼り頼られという関係を築いていたら、買い占めなんかする必要はない。東京にはコミューンは成立していないということに、あらためて危機を感じた。

東京に住む人の七〇パーセントが地方から出てきた人たちだといっ

ても、コミューンという意識、人と人とが繫《つな》がっていく意識を強く持たないと、日本は大変なことになる。

しかし、そうすると、今度は「絆《きずな》」という言葉が流行《はや》り、独り歩きしていく。マスコミは「絆」の大セールスだ。また違和感を覚える。

外国のメディアが、日本では暴動も起きずに偉い、と報じていた。世界が日本人を褒《ほ》めた。

それは違う。日本人ならできて当たり前のことなのだ。しかし、「それが日本人だ。他所《よそ》がおかしいんじゃないのか」と言う者は出ない。

――いつから大切なものが見えなくなったのだ。

何が本当に必要なのかが日に日に見えにくくなっていった。今日何が必要なのか、十日後には？　一ヵ月後には？

復興予算が成立したというけれど、それをどう使っていくのか、誰が使うのか。政治家・官僚・企業家を見回しても、はっきりとそれを口にできる者はいない。二十五兆円ともいわれる復興予算（編集部註・震災発生から十年間でおよそ三十二兆円が投入された）の用途を順序立てて説明し、私に任せて下さいと言う者が一人も出てこない。

この国には本当のリーダーはいないのだ。

自分自身が辛酸《しんさん》を経験していない者にリーダーの資格はないのではないか。何が辛《つら》いのかがわからないだろう。

震災からの復興、新しい日本の出発。本当に変えようという意志をもって臨む者はいないのか。長き泰平の中で、歴史を学び、物事を予見してこなかったツケがここにある。

その不安はいまも変わらない。

リーダー不在は叫ばれるが、いまだに日本人はその本当の危機に気付いていない。政治、企業、マスコミ、まだまだちゃんと見続けていかなければ、この国はおかしなことになってしまう。

人生は哀しみに満ちている

震災以降、私はいくつかの新聞や雑誌に文章を発表していった。「この哀しみを乗り越えていこう」といったことを書く。言葉の持つ力を信じているからこそそう書く。

しかし同時に、言葉だけではやっていけないことにも気付いてしまう。

正確にあったこと、起こったことを残していく記録作業として、過去の地震のことを調べていった。その中で、どうも復興というものは簡単に進まないぞ、という思いに駆られることがあった。震災から一年経った頃、ある文章を読んでわかった。それは、江戸期や明治に来た三陸沖《さんりくおき》地震について書かれたものだった。

三陸海岸沿いが津波で流される。それでも半年後には、そこにあばら屋ながらも家が半分ほど建っていたという記載があったのだ。

人々は小屋を建て直し、そこで生活を始め、海に漁に出ていたと書かれてあった。

啞然《あぜん》とした。この震災後、一年経っても三陸海岸沿いには一軒の家も建っていないというのに。

——現代人のほうが弱くなっているのか。

いや、こういうことだろう。現代人のほうが物が見えすぎている。見える分、すぐ先を想定できてしまう。

小さな小屋でも作ったら、そこからささやかながらも生活が始まる。しかし、あまりにも大きな哀しみの前で、そういったことが信じられなくなってしまっているのだ。

哀しみの行き場はどこにあるのか。まだ、それは見えない。だが、わかっていることがある。

被災した人たちは、なぜ自分だけがこんな目に遭うのかという発想は持たない。隣りも、前も後ろも被害に遭い、同量の、もしくはもっと大きな哀しみを持っているから。

彼らは、その哀しみを絶望に持っていってはならない、ということもわかっている。だから、皆がんばろうという意識を持ち合わせている。

全国からのボランティアの人々も来ており、食料や飲み水も届いた。声をかけてもらい、時には寄り添ってもらうことができた。

マスコミに言われなくとも、世界から褒められなくとも、日本人は当たり前のように「絆」というものを持ち合わせている。

希望としてあったのは、自殺者が少なかったこともある。こういったケースでは珍しいことだったと思う。

仙台の自宅の庭を掃除してくれるおばさんがいた。そのおばさんの一人娘は、震災で亡くなったようだと聞いた。

事情を伺うと、その娘さんはタンクローリーの運転手をやっていたという。地震が起き津波が押し寄せたとき、彼女は（名取《なとり》市）閖上《ゆりあげ》の現場でタンクローリーの運転席にいた。見ると、津波は松の木を越えて迫ってくる。危ないと思って運転席から降りた。

その場にはほかにもタンクローリーがあって、同じように運転手がいた。他の運転手はみな降りなかった。それが明暗をわけた。彼女以外は皆助かったという。

彼女の遺体はなかなか見つからなかった。ようやく見つかったのは三ヵ月も経った頃で、家人が線香を上げに行った。おばさんと話すと、「うちはまだ見つかったので本当にありがたい」と言う。一人娘を亡くした哀しみよりも先に、感謝の言葉があった。

私はそこに、日本人の哀しみへのむき合い方があると思う。はかりしれない哀しみを胸に抱いていても、それを全体で捉えることができる。

哀しみはすべてかたちが違う。

その話を家人から聞き、そう思った。哀しみのただ中にある人の一面だけを見て、哀しみをわかったような気になってはならない。哀しみとは多面的なものである。

では、他人の哀しみにどう対処すべきか。

声をかけてあげること、応援をしてやること、何かあったら言ってきてくれと伝えること。つまり、あなたを見守っていると示してあげることが必要なのだ。

見守るという行為に隠されていることは大きい。見守るということに基本がある。家族を。子を。友を。愛する人を。ときには手を差しのべるのではなく、ただ見守ることが肝要《かんよう》だ。

東北の人々、さらには阪神淡路《はんしんあわじ》大震災で被災した人々を見守ることと。それは記憶すること、忘れないことに尽きる。

哀しみは突然やってくる

自然の力はいとも簡単に人の営みを呑み込んでしまう。私の人生で一番の哀しみは、大学二年、弟を亡くしたときだった。十七歳の弟は海で遭難し、十日後に遺体で発見された。

いまでこそ、遠く離れた場所に上陸した嵐が海全体を狂わすことがわかる。台風が日本を直撃することが多くなったから。

弟は、沖縄に台風が来ているときに瀬戸内海に漕《こ》ぎ出た。医学部を目指していたが本当は冒険家になりたかった弟は、訓練のためボートを出したのだった。

大学生だった私は、父と二人で海に出た。唯一の望みは、湾の両脇の岩場にへばりつき、助けを求めているんじゃないかということだった。

しかし台風は激しく、二次遭難になりかねないと父は引き返そうとした。なんで引き返すんだ！　と抵抗すると、父はこう言った。俺もおまえも死ぬ――。

私はそのとき、父をすごいと思った。父はそれを想像したのだ、と。父は、おそらく自分が死んでも弟を探しに行ったはずだ。でも、そこには私がいた。

――弟のほうが人間として価値があるのに。

命の価値というものを考えさせられた。弟はサッカー部のキャプテンをやっていて、誰からも好かれた。誰にも優しかった。

一瞬、過《よ》ぎったのは、もし弟が沖から生きて現れたなら、自分の命はいらない、というものだった。その後も何日かそのことを考え続けた。それでも構わないと思った。

もっと時間が経ったとき、その考えが命の尊厳に対して間違っていたと気付く。そして、神に頼んでも、助からないものは助からないということがいやというほどわかった。そういうときに助けてくれるのが神という存在ではない、ということも。

弟の死の事実を散々突きつけられても、それでも生きて欲しいと願う。そうすることが人間なんだということ。それを若いうちに見た、知ったことは大きかった。

人間は道徳や理性だけでは生ききれない。それはやがて小説家になったときに強く影響する。道徳や理性を脅かす、覆すものに対して、人間がどう考え、どう動くか。それを書くことが小説のひとつの役割であり、夏目《なつめ》漱石《そうせき》の『こころ』や、ドストエフスキーの『カラマーゾフの兄弟』が成し遂げたことである。

そして、このことを体験的に受け止めたことが、この十五年後に訪れた妻（夏目雅子《まさこ》）の死に繋がっていく。

妻といっても最初は当然、他人だ。弟の死を経て人は孤独なものと知っていた私は、彼女と出会い、また人と寄り添うことができるようになっていた。

医者から最初に言われたのが「明日死んでも、今夜死んでもおかしくありません」というものだった。急性骨髄性白血病だった。

その中で、二百九日間の闘病生活を傍らで見ることになり、弟のときと同じ煩悶《はんもん》を繰り返すことになった。

――もし彼女の命が助かるなら、自分の身体半分くらいは要らない。もう叶わないとわかっていても、そう願った。

最後、もうだめだとなったとき、私にはお金がなく、彼女に一杯のワインも飲ませてやれなかった。その現実を突きつけられたとき、金というものはいったいどういうものなのかと考えた。

よし、いまからお金をきちんと貯《た》めて、お金に困らない人生を送ろう。そう考える人もいると思う。だが私は、もう金で揺さぶられる生き方はやめよう、と決意した。

死をもっていろんなことを教えられた。弟にも、妻に対してもその思いがある。人間は一番辛いことでしか、変わったり、何かを得たりはできないんじゃないだろうか。

私が言い続けている、若いうちに辛い思い、苦しい経験をしたほうがいい、それが宝になる、ということにはそんな思いがある。

自分の人生に置き換えたとき、哀しみは生きていくことのすぐ裏側にあった。

孤独だけが自分が何者であるかを教える

辛い別離、哀しい別離があったあと、それがなんであったのか考えてみた。

弟はどういう存在だったか、妻はどういう存在だったか。ひいては私自身はどうだったのか。どういう兄だったのか、夫としては？　あまりの辛さに最初は考えていられなかった。

しかし、このことを考えられるのは自分だけだった。一人で考えていくと、あるとき本や詩に出会った。小説や詩はその答えをくれるものではなかったが、そこには孤独に寄り添う言葉があった。

たとえば、中原中也《なかはらちゅうや》の「汚れつちまつた悲しみに……」があった。一見明るく言っているけれど、この人はすごく哀しくて孤独なんじゃないのか。本の中にある言葉に触れていくうち、そういうことに気付いていった。

幼い頃に読んだ『ロビンソン・クルーソー』を思い出した。漂流した主人公は、何度も寂しいと言っている。でも一人で生きていかなければならなかった。

哀しみというのは一人で経験するべくなっている。

辛いとき、哀しいとき、誰かとそれを分かち合うことは楽そうにみえる。でも、人が眠る時間がそれぞれ違うように、眠くないときに目を閉じても簡単には眠れないように、結局は闇の中、たった一人でむき合わなければならない。

孤独とは哀しみをじっと見つめることであり、迷うこと、戸惑《とまど》うことでもある。

人は元来、物事に流されるようにできている。それが集団の中にいたらなおさらだ。迷い、戸惑い、誰もが一人であることを自覚する。そして、一人で生きていくことを覚悟する。

孤独を経験した者としていない者では、人生で大きな差がつくものだ。

耐え難い哀しみを前に、ギャンブルや酒で逃れようとしたことがあった。

妻の死に直面したとき、哀しみはすぐにはやってこなかった。妻のこと、自分のことを考え続け、やがてアル中になるほど酒を飲み、ろくな仕事もせずに博打《ばくち》に興じていった。荒れ果てた生活だったが、それをやっている間、哀しみは襲ってこなかった。

でもそれは、哀しみを避けようとしていただけだった。哀しみは一時の快楽、享楽とは比較にならない性質のものなんだ。逃れようとしたけれど、最後まで逃れることはできなかった。

身をもってわかったのは、人は享楽のみでは生きてはいけないということ。ここが大事なんだ。気持ちのいいことだけを求めていったら、人はどこかで破綻をきたす。私自身、重度のアルコール依存に陥《おちい》り、心身ともにボロボロだった。幻覚や幻聴にも苦しみ、心臓発作を起こすまでになっていた。哀しみの対極にあるものが幸福と呼べるものだとしたら、快楽や享楽はまったく違う次元にあるものだった。本当の哀しみに直面しなければならなくなったとき、それに気付いた。

──これはちゃんと受け止めなければならないぞ。

頭では理解したが、なかなか受け止めきれない。受け止めきれないけれど、妻を失って一年目、二年目、三年目、だんだんと哀しみは薄れていった。時間というものが何かを変えてくれたのだ。

あるとき言葉と出会った。人の死について書かれたものだった。

「人の死というものは二度と会えないということであって、それ以上でもそれ以下でもない」

だから、それ以上に哀しむ必要もないし、それ以下に放っておいて知らぬふりをするものでもない。

──そうか、二度と会えないだけなのか。

このことに気付くのには、それなりの時間がかかった。

哀しみは薄れていくし、終りが来る。

震災でたくさんの死をみたとき、前に観た『チェチェンへ アレクサンドラの旅』という映画のセリフに心打たれたことを思い起こした。薬漬けでもう死ぬしかないとなった十代の少女に、一人の老婆が語った言葉だ。「あなたはまだ若いから知らないでしょうが、哀しみにも終りがあるのよ」と。

すごい言葉だと思った。哀しみは孤独に置き換えることができるだろう。孤独はいずれ失《う》せる。どうしようもない寂寞《せきばく》の中にも必ず終りがある。

そのきっかけになるのは、やはり出会いしかないと思っている。だから、若者には外へ行けと言っている。

出会いというのは人と人がぶつかり合うことでしか生まれない。人が為《な》す出来事、人が持つ考え方との出会いしかない。

孤独を知った者には、その出会いはよりまぶしく映るはずだ。

人と人の出会いは宝石、貴石である。自分が何者であるかを知って、はじめてその価値がわかるのではないだろうか。

「老い」とは経験のことである

私はいま六十四歳。世代的にも多くの別れを経験する歳になってきた。シニアの人たちはいやでも孤独を感じることが多くなる。

大切なのは「自分は歳をとった」と考えないこと。

「もう六十四」というのと、「まだ六十四」というのでは考え方がまったく違ってくる。自分の年齢の自覚はあるけれど、六十四歳はこういうものだと規制する気持ちは一切ない。あるとすれば、六十四歳はもう少し思慮深いものではないか、ということくらい。

まだ何かを学ぼう、新しいことを知ろうという気持ちがあるうちは、老いはこないと思っている。

私が老いに対するキャッチフレーズとして使っているのが「忘れる前に覚えろ」というもの。物事は忘れる前に覚えてしまえ、人は忘れる前に出会ってしまえ。何かを思い出せなくなる前に、どんどん新しい思い出を作っていけばいい。

だから、忘れることは怖くない。

会社を定年退職し、これからどうしよう？　と迷う人がいる。そういう人には「朝起きてすることがない人生はやめなさい」と言いたい。それは仕事とは何か、という話になる。

朝、大人が最初に考えるべきは仕事。農夫は、朝起きて隣りで子供が熱を出していても、まずは外に出て天気を見て、暑くなる前に草を抜こう、畑に水をやってしまおうと考える。子供の様子はその後でみる。働くとはそういうことだ。

父からもそう教わった。

お金にも困らなくなった頃、私は、もう母には楽をさせたいと思ったが、父は休ませなかった。それまでと変わらず、朝から家の仕事をさせた。そうじゃないと人間はバテるということを知っていたんだな。母は九十六歳になるいまも、元気でやっている。

定年を迎えるなら、その翌日からすぐに新しい仕事を始めればいい。

原点に戻っただけだと思えば再出発もできる。かつては誰もが一人でスタート地点に立った。もともと一人なんだ。ちょっとぐらい辛い状況でも、やってやるぞと自らを鼓舞《こぶ》できるはずだ。

二十代のときよりも四十代のときよりも、六十歳を超えたいまのほうが、同じ時間とエネルギーをかけてもより質の高い仕事ができるはずだ。なぜなら、人には経験値というものがあるから。

働いてきた年月は経験値を高めてくれている。それは、その人の自信になる。前を向いて、一歩踏み出す力になる。

もうひとつ大事なことは、常に少し勾配《こうばい》のある道を選ぶということだ。二十歳には二十歳の、また四十歳、六十歳とそれぞれ角度の違った道がある。坂道だからきついこともある。

どうやって歩くかというと、やっぱり「坂の上の雲」を見上げることだと思う。

人生の目標というよりは、生きることの証し、標《しるべ》のようなものが必ず見つかる。下を向いちゃいけない。見上げないとだめだ。

私は、六十歳を迎えたとき、仕事を三倍に増やした。六十を迎える前からそう宣言し、実践した。

毎日のように締切がくる。ふんばりがきかず、体力の衰えを感じたこともある。でも、歳をとって楽をしようと思ったらいけない。そのような生活を何年か続けてみてどうですかって？　慣れてしまえばへっちゃらだ。

まわりの人からは「驚くほど働いていますね」と言われるが、慣れてしまえば、当人に残るのは「まだまだできていない」という思いだけだ。

ここまでやってきた、これからもできる

震災以降、日本人が自信をなくしているという話を聞く。復興は思ったように進んでいない。景気もよくならない。

日本人の誇りはいまどこにあるのか？　まずは誇りとはどういったものなのかを話したい。

誇りというものは、いま、あなたたちが生きて立っているものすごく近いところにある。

誇りという木が、一人ひとりに寄り添うように立っている。もしそれが離れていってしまえば、生きる価値を失ってしまう。なぜ生きる

のかわからなくなってしまう。それくらい大切なものだ。

若いときは若木が立っていて、その若木の向こうには大きな誇りの木が燦然《さんぜん》と立っているのが見える。到達しそうにないくらいに途方もなく大きく見えるそれは、仮想の誇りの木だ。

将来そこに辿り着けるかはわからない。もし辿り着ければ、あらゆる苦節に立ち向かうことができるのだろう。

大事なのは、若い誇りの木を常にそばに置いておくことだ。首にぶら下げておいてもいいし、ポケットの中に入れておいてもいい。

誇りは誰にでもあるからこそ、いじめや罵倒《ばとう》、いまでいうヘイトスピーチのような人間の尊厳を傷つける行為はあってはならない。人間の一番身近に立っている誇りの木を傷つけることだからだ。

震災で常に死と隣り合わせにいることを知った私たちは、自分の死について真剣に考えることができるようになった。

たとえば二十歳で死んでも、自分は何かを残せているか、人としての品格を失わずにいられたか。

そしてなんのために自分は生きているのかと考えたとき、若い頃はわからないかもしれないが、己以外の誰かのために何かをするということがわかってくる。

それは宗教的なにおいのするものかというとそうではない。自らの誇りに問い、それに恥じないように生きていきたいと思う気持ち。人は金のためには死ねないが、誇りのためには死ねると私は信じている。

それくらい尊いものであるがゆえに、誇りというものは普段は顔を出さない。他人の誇りの木が見えなくても、皆がそれを持っていると信じてやることが必要だ。

自分たちはここまでやってきた。

国を、社会をここまで進めてきたのは日本人だ。苦しいときも辛いときも、強く揺るぎない心棒を回してきた。その心棒で動く歯車は、きっと誰かを幸せにしてきたはずだ。それが人のために生きるということだ。

いままで生きてきたことの誇りが、忘れられている。

ここまでやってきた。そういう顔で歩けばいいんだ。

震災後、自分たちは何ができるのか、と言った若者がいた。それは彼らの誇りの表れである。

誇りを持ち続けなさい。

歳月が築いてきたものがある

東北、日本がこれから再出発をしていくと考えたとき、自分たちは失敗をしてきたと認めなければならない。

それは一番認めたくないことだ。私自身も多くの失敗を繰り返してきた。

そして、初心を思い返すこと。最初に希望を抱いたときのことを忘れないでいようと思うこと。

私の初心は、あの人がいてくれてよかったと思ってもらえるような人間になること、そういった仕事をすること。

六十歳で仕事を三倍に増やしたけれど、「まだまだできていない」と感じるのは、こういった思いがあるからだ。そのためには、自分のためだけにやらないということは強く意識している。

その基盤になるのは、家族というものだ。

これからは、家の誇りというものを見直すべきだと思っている。

少子化、核家族化が進み、家族のかたちが失われている。本来、そこにあるべき家族の団欒《だんらん》、親の尊厳といったものだ。第一部の「車窓にうつる記憶」では、そういった家族の風景を描写してきた。

それは、震災を経て失われてしまったのだろうか。

子供にとって、誇れるものに触れることはとても大事なことだ。そういった家族で育った子供たちが、社会に出て、これからの日本でイニシアチヴを握っていくはずだ。

もうひとつ、若い人たちへもメッセージを送りたい。

誇りの木の肝心はその根にある。大地を支える根っこには栄養が必要で、つねにこう問いかけるべきだ。栄養は足りているか？

栄養とは学問や知識、思想、哲学。

栄養を与えてくれるのは、親、先生、友。

すべては出会いだ。

インターネットの中で物を探すな。インターネットやツイッター、動画サイトなどで何かを生み出すことができていると思ったら、それは間違いだ。

若者にしか通じないものは意味がない。それ以外の世代に価値を生み出すものではない、ということを真剣に考えるべきだ。

自分たちの中だけでしか理解できないもの、他の世代と共有できないものだとしたら、それは埋没していく。下手《へた》をすれば一晩で崩壊する。

なぜなら、これから少子化はさらに進む。十歳、二十歳上、そして下の世代にも伝えるべきだという考えで臨んで欲しい。

君たちが信じているものの基盤は、実は脆《もろ》い。それを支えてくれるものが、この世界には溢《あふ》れている。

それは外へ出て、直に風にあたらなければわからないものだ。

正義を信じるな

安易に正義を信じてはいけない。最後に、この言葉を残そう。

少女が殺された。親が子を、子が親を殺した。

とてつもなく哀しい、もってのほかの事件がときに起きる。けれど、忘れてはならないのは、人間は誰しも過《あやま》ちを犯す可能性があるということだ。

マスコミは理不尽な事件と言う。警察もその理由を捉えられない。世の中はおかしいのか？

そこで必要なのは、正義の本質を見据えることだ。見据えていくと、今度は、正義は本当にあるのか？　という疑問に辿り着くはず。

理不尽、不条理があるのが世の中で、それをするのが人間だ。なにもいまの世の中に限ったことではない。ずっと昔からあって、ある日突然、当たり前のように出くわすことなのだ。

無論、学校で教わることではない。哀しみと同じように、簡単に受け入れられることではない。

そのことを知らずに社会へ出て、上司や会社に対してなにかと文句をつける人間がいる。正義の本質を考えたことのない者が、はじめて世の中の壁にぶちあたるからだ。

家族や学校、友人、そういったものに君は守られていた。そこから離れ、出ることが、社会へ出るということだ。そこには、優しい言葉をかけてくれる親はいない。何かを教えてくれる先生はいない。君を守ってくれる人はもういない。

吹きさらしの道を歩けば、強い風にあたるし、嵐もくる、大雪にも襲われる。

いちいち揺さぶられるな。すべては自分の成長につながる。

前を向いて、進め。

理不尽や不条理があって当たり前の世の中を、いつか、そうでない世界にするために、私たちは生きている。

第二部　伊集院静の眼差し

彼もきっと泣いている

角田光代

かくた・みつよ◉1967年神奈川県生まれ。'90年「幸福な遊戯」で第9回海燕新人文学賞を受賞しデビュー。'96年『まどろむ夜のUFO』で第18回野間文芸新人賞、2005年『対岸の彼女』で第132回直木三十五賞を受賞。第1回小説現代長編新人賞から13年にわたり伊集院氏とともに選考委員を務めた。

伊集院さんといえば「おれの下着」である。

ある日の午前中、仕事をしているとスマートフォンが鳴った。伊集院静さんの名前が表示されている。何ごとかと緊張して電話に出ると、「おれの下着はどこか」と伊集院さんの声が言う。「は?」と訊き返すと、「だから、おれの下着って、どこだっけ」とくり返す。「すみません、下着のことは、わかりません」と答えると、しばしの沈黙のあと、「あんた、だれ?」と返ってきた。「あの、カクタです」。またしても短い沈黙。

「カクタじゃわかんないよなあ、おれの下着のことは！」と、伊集院さんは声高に言い、「そうですね……」と答えると、「またな」と電話を切った。かけまちがえたとか、どうしてここにかけたのかとか、言い訳めいたことではなくて、「おれの下着のことはカクタじゃわからない」と即座に出てくるところが、なんとも伊集院さんだなあと、電話を切ったらしみじみと笑えてきた。

それからというもの、伊集院さんに会うたび、伊集院さんは周囲にいる編集者たちに「おれはカクタに電話して下着の場所を訊いた」と言い続けた。柴田錬三郎賞の授賞式で私の夫に会ったときも「おれはな、カクタに下着の場所を訊いたんだよ」と真顔で話していた。おそらく夫の緊張を解くために。

二〇〇六年に小説現代長編新人賞が創設されて、伊集院さんと選考会ではじめてお目に掛かった。私が緊張していると思ったのだろう、いっしょに食事をしようと誘ってくださった。社交辞令だと思っていたら、本当に、編集者を介して食事の場を設けてくれた。銀座で、ハイボールを飲み、コース料理を食べ、バーに連れていってくれた。

夜の銀座は、伊集院さんがいると、いっぺんに村と化した。タクシーを下りてハイボールの店まで歩いていると、あちこちから伊集院さんに声が掛かる。レストランの人もバーの人もみんな伊集院さんを知っていて、親族のようにあたたかく親しく迎えている。タクシーで銀座の町を移動し、信号で止まると、車内の伊集院さんを見つけてだれ彼が近づいてくる。伊集院さんは窓を開けて「どこそこにいきたいんだけど、車はどこに停めればいいの」と訊き、そうすると訊かれた人は駐車場まで誘導する。なんだこれは、と私はずっと驚いていた。銀座の伊集院さんは、まるで、村に帰ってきた愛すべきお坊ちゃんのようじゃないか。

伊集院さんは一瞬にして人の心をつかむ奇特な人だった。それは、伊集院さんがものすごくこまやかなやさしさを、だれにたいしても向けるからだ。伊集院さんのご著書の書評を書けばていねいなお礼状がくる。書評の一節をそらんじていて、お目に掛かればその一節を言い、「こんなふうに書けるのはきみしかいない」などと褒めてくれる。

ときどき突然電話をかけてきて「今、カクタの出ている旅番組を妻と見ていて、すごくよかったから電話をしたんだ」などと言う。それは十年前の再放送ですよ、と言っても聞いていない。「いい旅だなあ、あそこにいきたくなったって妻と話してるんだ、それを言いたくてかけた」などと言って、勝手に切る。いつもどこかとんちんかんだった。わざとかもしれない。

選考会のあとにも、よく電話をくださった。「今日の意見はとてもよかった」「もっと自分の思うことを言ってもいいんだ」と。いつも自信のない私には心強い言葉だった。

小説現代長編新人賞の選考委員を、二〇一八年で私は退任したけれど、伊集院さんとは二〇二〇年の直木賞の選考会から、またご一緒することになった。選考会での伊集院さんは、小説にたいして自分なりの判断基準をしっかり持っていて、それは揺らがなかった。伊集院さんは、小説そのものというより、それを書いた作家、あるいは作家の態度にたいしての評価をしていたような印象を私は持っている。かといって、かたくなに譲らないというのではない。自身の意見は曲げないが、ほかの作品を強く推す意見に耳を傾け、それが受賞と決まれば潔くその作品のよさを認めた。

二〇二三年夏の選考会は、パンデミック後、ひさしぶりの対面になり、伊集院さんにもひさしぶりにお目に掛かった。元気か、と声を掛けてくれたとき、「伊集院さんが選考会にいないと私は困るから、長くつとめてください」と私は言った。なぜか、もうやめると、近々言いそうな気がしたのである。「なんだよそれ」と伊集院さんは笑っていた。

一度、いきは伊集院さんを乗せたタクシーが、帰りに私を乗せたことがあった。運転手さんは、目的地に着くまで、「いきは伊集院先生だったんですよ、すてきなかたでね。帰りも伊集院先生だと思っていたのになあ。おもしろかったんですよ」と、十回はぼやいた。私はその気持ちが痛いほどわかったので、ただひたすら、「私でごめん」と思っていた。あの運転手さんも、伊集院さんの早すぎる訃報に衝撃を受け、きっとしずかに泣いているはずだ。

書かれる小説も、人柄も、大きいながらこまやかな人だった。あの大きな体格は、そのまま大きなやさしさをあらわしていた。「おれの下着」で、まだまだ笑い合いたかった。銀座の村化だって、また体験したかった。選考会だって、伊集院さんがいないと困るのだ。とてもかなしい。

作家の眼差し

池井戸潤

いけいど・じゅん◉1963年岐阜県生まれ。'98年『果つる底なき』で第44回江戸川乱歩賞、2010年『鉄の骨』で第31回吉川英治文学新人賞、'11年『下町ロケット』で第145回直木三十五賞を受賞。他の作品に『半沢直樹』『空飛ぶタイヤ』『陸王』『民王』『シャイロックの子供たち』『花咲舞が黙ってない』『ノーサイド・ゲーム』『ハヤブサ消防団』『俺たちの箱根駅伝』など。

伊集院静という作家は、私とはもっとも距離がある人だと思っていた。おそらく、伊集院さんもそう思われていたはずだ。

初めて候補になった吉川英治文学新人賞の選評からもわかる。そこで伊集院さんは私について、「人間と金の問題にじっくり向き合ってはどうか」と書かれた。二〇〇一年三月のことだ。

私はかつて金融機関に勤め、人間と金の問題と多く向き合ってきた経験がある。お会いしたこともない作家の言いたい放題に、正直カチンと来た。

だが、初めて伊集院さんと直接会い、ゴルフをしたとき、その印象は一変する。ある出版社のゴルフ会でのことだ。たまたま同組になった伊集院さんはがっしりとした上背に強面《こわもて》。紙背に徹するような眼光で人を見、安易に寄せ付けないほどのオーラがあった。

ゴルフの名人でドライバーもぶっ飛ばす。こっちは初心者だから、邪魔にならないように振る舞うのが精一杯で、そのうち叱られるのではないかと身構えていた。

だが、実際ラウンドしてみると、そんな心配は全くの杞憂であった。

自然で優雅な立ち居振る舞いといい、伊集院さんのゴルフには品格がある。同伴者である私への配慮も欠かさない。マナーもすばらしかった。

そのハーフラウンドを終えて洗面所に寄ったときのこと。私が清掃係の年配女性と世間話をして外に出ると、そこに伊集院さんが待っていた。そしておもむろにこうおっしゃったのだ。「池井戸、お前はお年寄りと話ができるのか」、と。

そんなことをきかれたことはいままで一度もない。おもしろいことをいう人だと思った。できますよ、とお答えすると、

「それはいいことだ。オレも昔は年寄り殺しの伊集院と呼ばれたもんだ」

思わず笑ってしまったが、平凡な生活を送ってきた人間にはない独特のモノサシがある人だとも思った。

それ以来、伊集院さんは、会えばいつも明るい笑顔で声を掛けてくれた。その励ましの数々に、どれだけ勇気づけられたかわからない。

選考委員としても拙作を評価し、背中を押して頂いた。吉川英治文学新人賞、直木賞。そしてつい先日頂戴した柴田錬三郎賞もそうだ。

残念ながら柴田錬三郎賞の贈賞式は欠席されたが、容態が思わしくないことだけは噂で耳に入っていた。

会場で配られた小冊子に寄せられた伊集院さんの選評には、私への温かい言葉が記されていた。亡くなられたのは、そのわずか一週間後のことで、それは私に向けた遺言のようにも読める。言葉のひとつひとつは胸に刻まれるほど強く、印象深かった。

自らがどんな苦境にあろうとも、人への気遣いを忘れない方であった。

酔い潰れて銀座の植え込みに倒れ込んだ伊集院さんに、通りかかった警官たちが駆け寄り「大丈夫ですか」と声を掛けると、「私は大丈夫だ。君たちは大丈夫か」。心の襞《ひだ》に分け入り語りかけ、寄り添う人なつこさは格別だ。伊集院さんから直接伺ったことはないが、その人生に様々な離別があったことは、広く周知された事実である。

伊集院さんは人を見るとき、最愛の人の死を見つめてきた者でしか得がたい死生観のフィルターを通しておられたのではないかと思う。

そんな伊集院さんは私にとって、作家の大先輩であると同時に人生の師であった。様々な可能性の扉を開いていただいた恩人でもある。その謦咳《けいがい》に接したことは私にとってかけがえのない財産だ。

あの優しい笑顔で、「元気か」と声を掛けてくださることはもうない。最後の無頼派作家は、高潔な文士らしく最後の最後まで原稿用紙に向かい、ふっと消えていなくなった。永遠に――。

これも伊集院流ダンディズムだろうか。ならばカッコ良すぎませんか、伊集院さん。

作家の眼差し――池井戸　潤

もっと長く生きて励ましていただきたかった。

「おお、池井戸。がんばってるな。この調子で書き続けろ」

伊集院さんの、あの口調、あの笑顔はつい昨日のことのようにはっきりと思い出すことができる。

だが、その眼差しに接することはもう、二度とない。

＊柴田錬三郎賞選評は『小説すばる』２０２３年12月号に掲載されています

作家の眼差し――池井戸　潤

スポーツでこさえた傷

中島京子

なかじま・きょうこ◉1964年東京都生まれ。2003年『FUTON』でデビュー。'10年『小さいおうち』で第143回直木三十五賞、'15年『かたづの！』で第28回柴田錬三郎賞、'22年『やさしい猫』で第56回吉川英治文学賞を受賞。'19～'20年には伊集院氏とともに小説現代長編新人賞選考委員を務めた。

伊集院さんの訃報に接して、多くの人が感じていることだろうけれども、やはり何かが決定的に終わったという気がする。それをなんと名づけたらいいんだろうと考えながら、追悼文を書いている。

たとえば、業界広しといえども、わたしのことを「京子ちゃん」と呼ぶ先輩作家はほかに存在しなかった。

それは、「京子ちゃん」と呼ばれたいとか、「京子ちゃん」などと気安く呼ばれたくないとか、そういう話では、まったくなくて、親しかろうがそうでもなかろうが、年下の女性同業者を躊躇《ちゅうちょ》なく「ちゃん」づけで（あるいはもっと親しければ、苗字を呼び捨てにしたりするのかもしれない）呼ぶというような、ある意味マッチョな、「昭和的」といってもいいカルチャーが、伊集院さんとともに消失する感じがする、というようなこと。

古い世界と言うこともできる。そして「無頼」だったりする作家の世界というか、あり方は、じつは、わたし個人としては、遠く感じられるものでもある。それなのに、伊集院さんがそこにいるだけで、世界が一気に広がるのであり、そうなると、遠いも近いもない、世界のありようがそうなのだから、必然的に巻き込まれて、そこにいるというようなことに、なる。それはちょっともう、伊集院さんのほかには誰も出現させることのできないような世界になっていて、とつぜんテーマパークにいる自分を発見するみたいなものだったから、隅っこではあれ、それを垣間見《かいまみ》るのは、「京子ちゃん」にだって、おもしろい体験なのだった。伊集院さん亡きいま、あの世界はもう失われる。誰かが真似しようとしても、ぜんぜんうまくいかないに違いない。

めくるめく伊集院的世界については、たくさんの方が書かれると思うので、少し違うことを書こう。

『イトウの恋』という長編小説が吉川英治文学新人賞の候補作になったときの、選考委員のひとりが伊集院さんだった。こんなものはぜんぜんダメだ賞に値しないという選考委員がいる中で、伊集院さんは推してくれた。本人から聞いた。ほかにとくに話題もないからだろうけれども、顔を合わせるとよく「おれは推したんだよ」と言ってくれた。何度聞いても、うれしかった。もう聞けないのでさみしい。選評もおぼえている。イザベラ・バードの通訳として奥地紀行をともにしたイトウという名の主人公が、旅の途中で泥酔した女を見かけて、アルコール依存症だった自分の母親を思い出すシーンがある。その場面があるからこの小説はいいと、たしかそんなふうに書いてくれた。

そのシーンが伊集院さんのどこかに触れたのは、少年の日に心に負った傷が開示される場面だったからではないかと思う。

伊集院さんの直木賞受賞作『受け月』は短編集で、その中に「冬の鐘」という一編がある。わたしがそれに惹かれる理由は、たぶん、鮟鱇《あんこう》ゆえだ。

冒頭は、鎌倉の小さな小料理屋の厨房《ちゅうぼう》に吊り下げられた鮟鱇だ。皮がつるりと「歌舞伎の衣裳の早替りのようなあざやかさ」で剝《む》かれる。鮟鱇は捌《さば》かれ、きれいに身と肝に分けられて、肝が半分酒蒸しにされたり、身が切り身にされたりして大皿に盛られていく。これがなんともおいしそうで、タイトルを「冬の鐘」ではなくて「冬の鍋」と、つい覚え間違えてしまう。しかし小説は魚料理の話ではない。捌いている男・久治の回想が混じる。回想と、鮟鱇鍋の準備は入れ子状になっていて、すっかり準備ができて客を待つ主人公とその妻が、建長寺《けんちょうじ》の鐘の音を聞く場面で終わる。

「見事に肥えた鮟鱇」や「でっぷりと肥えた肝」は、力士のイメージと重ね合わされているのだろう。しかし、久治の元力士という経歴は、鮟鱇の中身のようにつるっとは明かされない。それは、久治の「傷」に触れるからだ。物語も終盤になって、元高校球児だった男と元ボクサーだった男、それぞれまったく違うその後を生きた男たちに向かってようやっと語られる。「スポーツでこさえた傷はなかなか消えないからね」と、元ボクサーが言う。それは本質的にはスポーツでしか作られないものではなく、まだ若い、柔らかい時期に、人が否応なく体と心に刻み込んでしまうような「傷」のことを指すのだろう。

伊集院さんとは「小説現代」の新人賞の選考を、何回かごいっしょした。伊集院さんは青春小説の圧倒的なサポーターだった。きちっと書かれた歴史小説なんかより、十代の揺らぎを描いた作品をプッシュした。大人の男に少年の心があるとかないとかいうステレオタイプの物言いは避けたいものだが、人生のごくごく初期に負わされてしまうことのある「傷」にたいして、伊集院さんがとても敏感で、かつ温かい眼差しを注いでいたということについて、書いておいてもいいのじゃないかと思っている。

手紙

朝井まかて

あさい・まかて◉1959年大阪府生まれ。2008年に第3回小説現代長編新人賞奨励賞を受賞しデビュー。'14年『恋歌』で第150回直木三十五賞、'21年『類』で第71回芸術選奨文部科学大臣賞と第34回柴田錬三郎賞を受賞。'17〜'20年には伊集院氏とともに小説現代長編新人賞選考委員を務めた。

あの日、伊集院さんの姿が見当たらなかった。

第一五〇回直木賞の授賞式でのこと。従来の会場の東京會舘が建て替え中で、帝国ホテルで行なわれるのは初めてだと聞いた。選考委員と受賞者の控室はいささか狭く、私は興奮と緊張と人いきれに酔いそうになってアタフタしていた。

そんな時、開け放したドアの向こうの廊下に大きな人影がすうと現れた。伊集院さんだった。

控室が一杯なので中に入ろうとはなさらない。私は慌てて廊下に出た。

伊集院さんは小説現代長編新人賞の選考委員でいらしたので、私はまずデビュー時に、そして直木賞でも選んでいただいたことになる。むろん初対面ではない。けれど新人賞のパーティでお目にかかる時はいつもごく短いやりとりで、「いや、これから頑張って」と肩を叩かれて終わるのが常だった。まなざしも微妙にずれていて、目と目は一瞬しか合わない。

帝国ホテルでのあの日は、私に手を差し出してくださった。

朝井、よかったな。

とても大きな手だった。私は背が低いわりに手が大きくて、男性と握手してもほぼ変わらないので恥ずかしい思いをするのだけれども、あの掌にはすっぽりと軽く包まれてしまった。ありがとうございます。私もそれだけを返して伊集院さんを見上げ、伊集院さんは私を見下ろしておられた。初めてちゃんと目が合った。あたたかかった。

その後、私も小説現代長編新人賞の選考委員を言いつかり、毎年、選考会のテーブルに並んでつかせていただくことになった。伊集院さんは時に鋭く厳しい指摘を繰り出され、時にスッパリと斬られた。

朝井。推し続ける覚悟がないのなら、推すな。

自身でも迷いながら意見を述べていたのだ。見事に見抜かれていた。選考委員の責務はかほどに重い。選ばれ、選び続けてきた人の言葉だった。ご自身の文芸観を語られた年もある。そのいずれもが貴重な、かけがえのない時間だった。が、食事会やパーティではやはり五分と会話が続かない。やっと笑わせることができたと思った食事会が、私にとっては最後になった。

まなざしはすれ違い続けた。

ゆえにと申せばよいのか、伊集院さんの想い出は手紙にある。

やりとりがいつ始まったのかは記憶が定かではなく、けれどデビューしてまもなくであったことは確かだ。ただ、私はどうしようもない筆無精、この世界での交際についても不精といおうか、まめではない。受賞のお礼状を書いたのもデビューの時だけだ。その時間があれば小説を一編でも多く書くべきだということはわかっていたし、ただでさえ忙しい人に手紙を差し上げるとご迷惑ではないかという遠慮も働いた。だから伊集院さんとの手紙の往来も、数年に一度に過ぎない。

けれどあの封書がポストに入っていると、宛名の文字だけでそうと知れた。万年筆の、深いミッドナイトブルーの文字は独特の筆跡で、胸が高鳴るというよりも閑と静まる。すぐに封を切ったりはしない。その日の執筆と家事と猫の世話を終えてから、ゆっくりと封筒に鋏《はさみ》を入れる。

便箋を開けば、そこには水彩画のごとき世界が広がっている。

文章もしかりだ。公の場でお見せになる豪胆さ、いわゆる破天荒な伝説もむろん伊集院さんの真実であろうけれども、手紙の文面に流れているものはまるで趣が異なっていた。

それは、触れればすぐに割れてしまいそうな繊細さ、含羞《がんしゆう》、人間のあてどのなさ。まさに伊集院さんの小説作品に通底するものだ。文体は抒情詩に近い。最後の無頼派と呼ばれた作家は、少年の魂を抱えたまま彷徨《ほうこう》した詩人だったのだろう。

人ひとりが生きる人生の何人分をも生きたから、そのぶんたくさん傷ついたから、ちっぽけな新人を励まさずに励まし、支えていると言わずに支えてくださった。そんな文章だった。

ある手紙では、こう結ばれていた。

――湖の白鳥が今、飛び立ちました。

書斎の窓外に湖があるのでしょうか。それとも小説家の目には、雪の林の向こうの水面が見えるのでしょうか。白い羽音が聞こえるのでしょうか。

問う機会を得ることのできぬまま、伊集院さんも飛び立ってしまった。

この胸に残されたものはいつか研ぎ澄まされ、伊集院さん、あなたの純粋だけが残るような気がしています。

心よりご冥福をお祈りします。

手紙――朝井まかて

背中

塩田武士

しおた・たけし◉1979年兵庫県生まれ。2010年『盤上のアルファ』で第5回小説現代長編新人賞を受賞しデビュー。'17年に『罪の声』が第38回吉川英治文学新人賞候補となり、'19年に『歪んだ波紋』で同賞を受賞。いずれの賞も当時、伊集院氏が選考委員を務めた。

これからの人に温かい方だった。

今振り返ると、私が「小説現代長編新人賞」に応募した原稿は、顔から火が出るほど拙いものだ。それでも伊集院さんは選評に「読みすすめさせる推進力が作者の筆に備わっている」と書いてくださり、この言葉を信じて作家として歩み始めた。

デビューからの数年、私は思うように結果が出せないまま燻《くすぶ》っていた。ＯＢとして同賞の授賞式に参加した際、パーティーの席で一人座って水割りを飲んでいる伊集院さんを見掛けた。無論、近づくことなどできない。遠目にウイスキーを飲む姿を見て「様になるなぁ」と思っていると、私の視線に気づいた伊集院さんが一つ頷いて、空いている隣の椅子の座面をトントンと叩いた。

ここに座れ、ということだ。予想外の展開に緊張で固まり、恐縮しながら隣に腰掛けた。

「あなたの担当はいい編集者ですよ」

伊集院さんは当時の私の担当編集者についていろいろと話してくださり、そのことがすごく嬉しかった。内向きになりがちだった私は「もっと編集者を頼っていいのだ」と思って気持ちが楽になり、何より受賞から数年経っても憶えていただいていたことに感激した。

その後何とか書き続け「吉川英治文学新人賞」の候補に挙がったときも強く推してくださった。

――私は氏の人間を描く時の真摯な目に敬意を抱いている――。

選評を読んだとき、感極まってどうしようもなかった。心の底から喜びが湧き出るような宝物の言葉。

私は伊集院さんの短編集を繰り返し読み続けてきた。

湘南の海のきらめき、京都の川に吹く夜風、弘前の雪燈籠《ゆきどうろう》。

病室の水仙、切子《きりこ》皿《ざら》のハモ、夕餉《ゆうげ》の炊煙。

亡くなってから父の愛情に気づく娘、ずっと気が弱いと思っていた男の裏の顔、晩年の職人と画家が黙って飲む酒。

作品の中には、ずっと人と向き合ってきた作家にしか書けない世界があった。仕掛けや誇張を排し、白でも黒でもない人生を歩む人々を丁寧に描いた。主人公の痛みがいつしか優しさに変わるとき、物語は「ただ在ることの美しさ」に満ちる。


『なぎさホテル』にこんな一節がある。

私には作家の頭の中で考えることより、世間で日々起こっていることの方が遙かに人間的だと思える（後略）――。

さりげない優しさが生む品格と無頼と呼ばれるほどの豪快な生き様。この大きな振れ幅の中に伊集院静の文学がある。

選評の言葉に心動かされたのは、私が伊集院さんの作品から「人間を描く」ことを学んできたからだ。

　華やかに開かれた「吉川四賞」の授賞式の終盤、出版関係者と挨拶していた私の背中をトントンと叩く手があった。振り返ると伊集院さんが立っていた。

「おめでとう」

　ひと言お祝いを告げると、颯爽と会場を後にした。その去り際の鮮やかさに痺れ、私はただ、遠ざかるジャケットの広い背中を見送った。

　かつて椅子の座面をトントンと叩いていた手が、今度は同じリズムで自分の背中に触れたことに胸が熱くなった。

　まもなく発表される第十八回から、私は「小説現代長編新人賞」の選考委員を務める。未だ不安定な頼りない作家だが、伊集院さんが一貫して持ち続けてきた「これからの人への眼差し」だけは受け継いでいきたいと思っている。

『機関車先生』『いねむり先生』『ミチクサ先生』――長編でいろんな先生を書いてこられたが、私にとって伊集院さんは最高の先生だった。

　伊集院さん、本当にありがとうございました。これからも作品を通して学び続けます。

こういうときは

加藤シゲアキ

かとう・しげあき◉1987年広島県生まれ。アイドルとして活動する傍ら、2012年『ピンクとグレー』で作家デビュー。'21年『オルタネート』で当時伊集院静氏が選考委員を務めた第42回吉川英治文学新人賞を受賞。'23年、最新作『なれのはて』を刊行。

私は伊集院静氏と二度しかお会いしたことがない。そんな私が追悼文を書くのは烏滸《おこ》がましいのだが、それでも私と氏について改めてここに記す。今一度感謝をかたちにしておきたい。少し前に『旅だから出逢えた言葉Ⅱ』の文庫解説にて氏との関係について言及したため、内容も重複してしまうが、どうかお許しいただきたい。

私がお会いした二度のうち、一度目は二〇一三年九月一日。某出版社の会長の古希祝いで、そのパーティーはさながら結婚披露宴のような、ホテルの宴会場を貸し切った派手なものだった。当時二十六歳の私がその豪華さに萎縮しつつ、おそるおそる自席に着くと、隣の席のネームプレートには伊集院静という名があった。

その頃、私が氏に抱いていたイメージは無骨で粋、かつ厳しい——若造の私は素直に怖がっていた。一方で、所属するグループに歌詞を提供してくださったことがあり、その詩の美しさに気品も感じていた。

やがて現れた伊集院氏はそのイメージのままだった。ああ、この人は男性からも女性からもモテるだろうなと、多くの人が思うだろうことと同じことを思った。

私がタレントでありながら小説を出しているという、当時の心境としては言うのも憚《はばか》られる自己紹介をすると、彼はそういう私の立場には一切興味を示さず、ただ私の年齢を尋ね、それから「三十五歳までに旅をしなさい」と告げた。

なぜ三十五歳なのだろうと疑問に思ったが、終始緊張していた私は真意を訊き返すことができなかった。会を終えた直後、私はその他氏と交わした言葉をスマホにメモした。

以来、私は自著を手紙とともに献本し、彼はその度に山の上ホテルのハガキに返事を書いて送ってくださった。

氏と二度目にお会いしたのは、それから八年後の二〇二一年だった。私が受賞した第四十二回吉川英治文学新人賞の選考委員で、この受賞会見に彼は姿を現した。

氏は八年前と変わらない鋭い眼差しと穏やかな口調でこう言った。「よく頑張りました」。私の肩に触れた彼の手は、温かかった。そしてこう続けた。「こういうときは素直に喜びなさい」

喜ぶのを控えて謙遜などするな、という主旨の助言は、私には大変ありがたかった。他者からの視線を意識して振る舞うのではなく、自分の気持ちを尊重する。人目に触れ続けてここまでやってきた私にとって、それは実はとても難しいことだった。氏の言葉は私の小さい的のようなものをぽんと捉える。

そして、私はスマホにメモを取ったことを思い出した。メモアプリを二〇一三年九月一日まで遡る。そこにはまずこうあった。

——三十五までにたくさん経験し、見聞を広げ、体で文章をかけ氏のこの言葉は覚えていた。しかしメモには続きがあった。

――サボったやつは、すぐにいなくなる。頑張ったときにだけ、手を差し伸べてくるものがいる

氏の言葉をそのまま書き起こしたわけではないが、彼はこのようなことを私に伝えていた。そしてまさに彼自身が選考委員として私の作品を推してくれた、手を差し伸べてくれたその人となった。

そこから二年後の現在。私の作品は再び彼が選考委員を務めた直木賞の候補になった。氏には刊行直後に担当編集を通じて献本したはずだが、届いていただろうか。読んでいただけただろうか。体調面を思えば、きっと難しかったと推察する。

今の率直な私の思いは、間に合わなかった、だ。もう少し筆が早ければ、彼に読んでもらえたかもしれなかった。伊集院静氏の選評を読むことも、もう叶わなくなってしまった。サボったつもりはないが、もっとできたのではないかと、思ってしまう。私はそれほど、彼の次の言葉を待っていた。

それでも私の身体には、彼から頂いた言葉と手のぬくもりがある。私はこれらを胸に、作家業を続けていかなくてはならない。

しかし、やはり、寂しい。早いですよ、先生。

悲しくて悲しくてたまらない。しかし、それでいいのだろう。こういうときは、素直に悲しむべきなのだ。

本書は、小社より二〇二四年十二月に刊行された『それでも前へ進む』に、小説現代二〇二四年一・二月合併号企画「追悼伊集院静の眼差し」掲載のエッセイを加えたものです。

|著者|伊集院 静　1950年山口県防府市生まれ。'72年立教大学文学部卒業。'81年「皐月」で作家デビュー。'91年『乳房』で第12回吉川英治文学新人賞、'92年『受け月』で第107回直木賞、'94年『機関車先生』で第7回柴田錬三郎賞、2002年『ごろごろ』で第36回吉川英治文学賞受賞。'14年『ノボさん 小説 正岡子規と夏目漱石』で第18回司馬遼太郎賞を受賞。作詞家として「ギンギラギンにさりげなく」「愚か者」「春の旅人」などを手掛けた。'16年に紫綬褒章を受章。'23年逝去。

それでも前《まえ》へ進《すす》む

伊集院《いじゅういん》 静《しずか》

講談社文庫
定価はカバーに
表示してあります

2024年2月15日第1刷発行

発行者――森田浩章
発行所――株式会社 講談社
東京都文京区音羽2-12-21　〒112-8001
電話　出版 (03) 5395-3510
　　　販売 (03) 5395-5817
　　　業務 (03) 5395-3615

KODANSHA

デザイン―菊地信義
本文データ制作―講談社デジタル製作
印刷――株式会社KPSプロダクツ
製本――株式会社国宝社

Printed in Japan

ISBN978-4-06-535014-0

講談社文庫刊行の辞

二十一世紀の到来を目睫に望みながら、われわれはいま、人類史上かつて例を見ない巨大な転換期をむかえようとしている。

世界も、日本も、激動の予兆に対する期待とおののきを内に蔵して、未知の時代に歩み入ろうとしている。このときにあたり、創業の人野間清治の「ナショナル・エデュケイター」への志を現代に甦らせようと意図して、われわれはここに古今の文芸作品はいうまでもなく、ひろく人文・社会・自然の諸科学から東西の名著を網羅する、新しい綜合文庫の発刊を決意した。

激動の転換期はまた断絶の時代である。われわれは戦後二十五年間の出版文化のありかたへの深い反省をこめて、この断絶の時代にあえて人間的な持続を求めようとする。いたずらに浮薄な商業主義のあだ花を追い求めることなく、長期にわたって良書に生命をあたえようとつとめるところにしか、今後の出版文化の真の繁栄はあり得ないと信じるからである。

同時にわれわれはこの綜合文庫の刊行を通じて、人文・社会・自然の諸科学が、結局人間の学にほかならないことを立証しようと願っている。かつて知識とは、「汝自身を知る」ことにつきていた。現代社会の瑣末な情報の氾濫のなかから、力強い知識の源泉を掘り起し、技術文明のただなかに、生きた人間の姿を復活させること。それこそわれわれの切なる希求である。

われわれは権威に盲従せず、俗流に媚びることなく、渾然一体となって日本の「草の根」をかたちづくる若く新しい世代の人々に、心をこめてこの新しい綜合文庫をおくり届けたい。それは知識の泉であるとともに感受性のふるさとであり、もっとも有機的に組織され、社会に開かれた万人のための大学をめざしている。大方の支援と協力を衷心より切望してやまない。

一九七一年七月

野間省一

講談社文庫 最新刊

伊集院 静　**それでも前へ進む**

出会いと別れを紡ぐ著者からのメッセージ。六人の作家による追悼エッセイを特別収録。

桃野《ももの》雑派《ざっぱ》　**老虎残夢**

孤絶した楼閣で謎の死を迎えた最愛の師父。特殊設定×本格ミステリの乱歩賞受賞作！

大山淳子　**猫は抱くもの**

ねこすて橋の夜の集会にやってくる猫たちと人のつながりを描く、心温まる連作短編集。

砂川文次　**ブラックボックス**

職を転々としてきた自転車便配送員のサクマ。言い知れない怒りを捉えた芥川賞受賞作。

西尾維新　**悲亡伝**

人類の敵「地球」に味方するのは誰だ。新任務が始まる――。〈伝説シリーズ〉第七巻。

熊谷達也　**悼みの海**

東日本大震災で破壊された東北。半世紀後の復興と奇跡を描く著者渾身の感動長編小説！

講談社タイガ

阿津川辰海　**黄土館の殺人**

地震で隔離された館で、連続殺人が起こる。きっかけは、とある交換殺人の申し出だった。

加藤典洋

人類が永遠に続くのではないとしたら

解説＝吉川浩満　年譜＝著者・編集部

かつて無限と信じられた科学技術の発展が有限だろうと疑われる現代で人はいかに生きていくのか。この主題に懸命に向き合い考察しつづけた、著者後期の代表作。

978-4-06-534504-7
かP8

鶴見俊輔

ドグラ・マグラの世界／夢野久作　迷宮の住人

解説＝安藤礼二

忘れられた長篇『ドグラ・マグラ』再評価のさきがけとなった作品論と夢野久作の来歴ならびにその作品世界の真価に迫る日本推理作家協会賞受賞の作家論を収録。

978-4-06-534268-8
つJ2

講談社文庫　目録

井上真偽《まぎ》 その可能性はすでに考えた
井上真偽 聖女の毒杯〈その可能性はすでに考えた〉
井上真偽 恋と禁忌の述語論理《プレディケット》
泉 ゆたか お師匠さま、整いました!
泉 ゆたか お江戸けもの医 毛玉堂
泉 ゆたか 玉《たま》の輿《こし》猫〈お江戸けもの医 毛玉堂〉
伊兼源太郎 地検のS
伊兼源太郎 Sが泣いた日〈地検のS〉
伊兼源太郎 Sの幕引き〈地検のS〉
伊兼源太郎 巨悪
伊兼源太郎 金庫番の娘
逸木 裕 電気じかけのクジラは歌う
今村翔吾 イクサガミ 天
今村翔吾 イクサガミ 地
入月英一 信長と征《ゆ》く 1・2〈転生商人の天下取り〉
磯田道史 歴史とは靴である
石原慎太郎 湘南夫人
井戸川射子 ここはとても速い川
五十嵐律人 法廷遊戯
五十嵐律人 不可逆少年
一色さゆり 光をえがく人
石沢麻依 貝に続く場所にて
一穂ミチ スモールワールズ
伊藤穰一 〈増補版〉教養としてのテクノロジー〈AI、仮想通貨、ブロックチェーン〉
内田康夫 シーラカンス殺人事件
内田康夫 パソコン探偵の名推理
内田康夫 「横山大観」殺人事件
内田康夫 江田島殺人事件
内田康夫 琵琶湖周航殺人歌
内田康夫 夏泊殺人岬
内田康夫 「信濃の国」殺人事件
内田康夫 風葬の城
内田康夫 透明な遺書
内田康夫 鞆《とも》の浦《うら》殺人事件
内田康夫 終幕《フィナーレ》のない殺人
内田康夫 御堂筋殺人事件
内田康夫 記憶の中の殺人
内田康夫 北国街道殺人事件
内田康夫 「紅藍《くれない》の女《ひと》」殺人事件
内田康夫 「紫《むらさき》の女《ひと》」殺人事件
内田康夫 藍色回廊殺人事件
内田康夫 明日香の皇子
内田康夫 華の下にて
内田康夫 黄金の石橋
内田康夫 靖国への帰還
内田康夫 不等辺三角形
内田康夫 ぼくが探偵だった夏
内田康夫 逃げろ光彦〈内田康夫と5人の女たち〉
内田康夫 悪魔の種子
内田康夫 戸隠伝説殺人事件
内田康夫 新装版 死者の木霊
内田康夫 新装版 漂泊の楽人
内田康夫 新装版 平城山《ならやま》を越えた女
内田康夫 秋田殺人事件
内田康夫 孤道
和久井清水 孤道 完結編〈金色の眠り〉
内田康夫 イーハトーブの幽霊

講談社文庫　目録

小川洋子 密やかな結晶〈新装版〉
乙川優三郎 霧の橋
乙川優三郎 喜知次
乙川優三郎 蔓の端々
乙川優三郎 夜の小紋
恩田陸 三月は深き紅の淵を
恩田陸 麦の海に沈む果実
恩田陸 黒と茶の幻想(上)(下)
恩田陸 黄昏の百合の骨
恩田陸 薔薇のなかの蛇
恩田陸 『恐怖の報酬』日記〈酩酊混乱紀行〉
恩田陸 きのうの世界(上)(下)
恩田陸 七月に流れる花/八月は冷たい城
奥田英朗 新装版 ウランバーナの森
奥田英朗 最悪
奥田英朗 マドンナ
奥田英朗 ガール
奥田英朗 サウスバウンド
奥田英朗 オリンピックの身代金(上)(下)

奥田英朗 ヴァラエティ
奥田英朗 邪魔(上)(下)〈新装版〉
乙武洋匡 五体不満足〈完全版〉
大崎善生 聖《さとし》の青春
大崎善生 将棋の子
小川恭一 江戸の旗本事典〈歴史・時代小説ファン必携〉
奥泉光 プラトン学園
奥泉光 シューマンの指
奥泉光 ビビビ・ビ・バップ
折原みと 制服のころ、君に恋した。
折原みと 時《とき》の輝き
折原みと 幸福のパズル
大城立裕 小説 琉球処分(上)(下)
太田尚樹 満州裏史〈甘粕正彦と岸信介が背負ったもの〉
太田尚樹 世紀の愚行〈太平洋戦争・日米開戦前夜〉
大島真寿実 ふじこさん
大泉康雄 あさま山荘銃撃戦の深層(上)(下)
大山淳子 猫弁〈天才百瀬とやっかいな依頼人たち〉
大山淳子 猫弁と透明人間

大山淳子 猫弁と指輪物語
大山淳子 猫弁と少女探偵
大山淳子 猫弁と魔女裁判
大山淳子 猫弁と星の王子
大山淳子 猫弁と鉄の女
大山淳子 猫弁と幽霊屋敷
大山淳子 雪猫
大山淳子 イーヨくんの結婚生活
大倉崇裕 小鳥を愛した容疑者
大倉崇裕 蜂に魅《ひ》かれた容疑者〈警視庁いきもの係〉
大倉崇裕 ペンギンを愛した容疑者〈警視庁いきもの係〉
大倉崇裕 クジャクを愛した容疑者〈警視庁いきもの係〉
大倉崇裕 アロワナを愛した容疑者〈警視庁いきもの係〉
大鹿靖明 メルトダウン〈ドキュメント福島第一原発事故〉
荻原浩 砂の王国(上)(下)
荻原浩 家族写真
小野正嗣 九年前の祈り
大友信彦 オールブラックスが強い理由〈世界最強チーム勝利のメソッド〉
乙一 銃とチョコレート

織守《おりがみ》きょうや　霊感検定
織守きょうや　霊感検定〈心霊アイドルの憂鬱〉
織守きょうや　霊感検定〈春にして君を離れ〉
織守きょうや　少女は鳥籠《とりかご》で眠らない
おーなり由子　きれいな色とことば
岡崎琢磨　病弱探偵〈謎は彼女の特効薬〉
小野寺史宜《ふみのり》　その愛の程度
小野寺史宜　近いはずの人
小野寺史宜　それ自体が奇跡
小野寺史宜　縁《ゆかり》
小野寺史宜　とにもかくにもごはん
大崎　梢　横濱エトランゼ
太田哲雄　アマゾンの料理人〈世界一の美味しいを探して僕が行き着いた場所〉
小竹正人　空に住む
岡本さとる　駕籠屋《かごや》春秋　新三《しんざ》と太十《たじゅう》
岡本さとる　質屋の娘〈駕籠屋春秋　新三と太十〉
岡本さとる　雨やどり〈駕籠屋春秋　新三と太十〉
岡崎大五　食べるぞ！世界の地元メシ
荻上直子　川っぺりムコリッタ

小原周子　留子さんの婚活
海音寺潮五郎　新装版　江戸城大奥列伝
海音寺潮五郎　新装版　孫子(上)(下)
海音寺潮五郎　新装版　赤穂義士
加賀乙彦　新装版　高山右近
加賀乙彦　ザビエルとその弟子
加賀乙彦　殉教者
加賀乙彦　わたしの芭蕉
柏葉幸子　ミラクル・ファミリー
勝目　梓　小説家
桂　米朝　米朝ばなし〈上方落語地図〉
笠井　潔　梟《ふくろう》の巨《おお》なる黄昏《たそがれ》
笠井　潔　青銅の悲劇(上)(下)〈瀕死の王〉
笠井　潔　転生の魔〈私立探偵飛鳥井の事件簿〉
川田弥一郎　白く長い廊下
神崎京介　女薫の旅　放心とろり
神崎京介　女薫の旅　耽溺《たんでき》まみれ
神崎京介　女薫の旅　秘に触れ
神崎京介　女薫の旅　禁の園へ

神崎京介　女薫の旅　欲の極み
神崎京介　女薫の旅　青い乱れ
神崎京介　女薫の旅　奥に裏に
神崎京介　I LOVE
加納朋子　ガラスの麒麟〈新装版〉
角田光代　まどろむ夜のUFO
角田光代　恋するように旅をして
角田光代　人生ベストテン
角田光代　ロック母
角田光代　彼女のこんだて帖
角田光代　ひそやかな花園
角田光代 石田衣良 ほか　こどものころにみた夢
川端裕人　せちやん〈星を聴く人〉
川端裕人　星と半月の海
片川優子　ジョナさん
神山裕右　カタコンベ
神山裕右　炎の放浪者
加賀まりこ　純情ババアになりました。
門田隆将　甲子園への遺言〈伝説の打撃コーチ高畠導宏の生涯〉

講談社文庫　目録

門田隆将　甲子園の奇跡〈斎藤佑樹と早実百年物語〉
門田隆将　神宮の奇跡
鏑木　蓮　東京ダモイ
鏑木　蓮　屈　折　光
鏑木　蓮　時　限
鏑木　蓮　真　友
鏑木　蓮　甘　い　罠
鏑木　蓮　京都西陣シェアハウス〈憎まれ天使・有村志穂〉
鏑木　蓮　炎　罪
鏑木　蓮　疑　薬
川上未映子　そら頭はでかいです、世界がすこんと入ります
川上未映子　わたくし率 イン 歯ー、または世界
川上未映子　ヘ　ヴ　ン
川上未映子　すべて真夜中の恋人たち
川上未映子　愛の夢とか
川上弘美　ハヅキさんのこと
川上弘美　晴れたり曇ったり
川上弘美　大きな鳥にさらわれないよう
海堂　尊　新装版 ブラックペアン1988
海堂　尊　ブレイズメス1990
海堂　尊　スリジエセンター1991
海堂　尊　死因不明社会2018
海堂　尊　極北クレイマー2008
海堂　尊　極北ラプソディ2009
海堂　尊　黄金地球儀2013
門井慶喜　パラドックス実践 雄弁学園の教師たち
門井慶喜　銀河鉄道の父
梶よう子　迷　子　石
梶よう子　ふ　く　ろ　う
梶よう子　ヨ　イ　豊《とよ》
梶よう子　立身《りっしん》いたしたく候《そうろう》
梶よう子　北斎まんだら
川瀬七緒　よろずのことに気をつけよ
川瀬七緒　法医昆虫学捜査官
川瀬七緒　シンクロニシティ〈法医昆虫学捜査官〉
川瀬七緒　水《みな》底《ぞこ》の棘《とげ》〈法医昆虫学捜査官〉
川瀬七緒　メビウスの守護者〈法医昆虫学捜査官〉
川瀬七緒　潮騒のアニマ〈法医昆虫学捜査官〉
川瀬七緒　紅のアンデッド〈法医昆虫学捜査官〉
川瀬七緒　スワロウテイルの消失点〈法医昆虫学捜査官〉
川瀬七緒　フォークロアの鍵
川瀬七緒　ヴィンテージガール〈仕立屋探偵　桐ヶ谷京介〉
風野真知雄　隠密　味見方同心(一)〈くじらの姿焼き騒動〉
風野真知雄　隠密　味見方同心(二)〈干し卵不思議味〉
風野真知雄　隠密　味見方同心(三)〈幸せの小福餅〉
風野真知雄　隠密　味見方同心(四)〈恐怖の流しそうめん〉
風野真知雄　隠密　味見方同心(五)〈フグの毒鍋〉
風野真知雄　隠密　味見方同心(六)〈鵺《ぬえ》の闇鍋〉
風野真知雄　隠密　味見方同心(七)〈絵巻寿司〉
風野真知雄　隠密　味見方同心(八)〈ふふふの麩〉
風野真知雄　隠密　味見方同心(九)〈殿さま漬け〉
風野真知雄　潜入　味見方同心(一)〈恋のぬるぬる膳〉
風野真知雄　潜入　味見方同心(二)〈陰膳だらけの宴《うたげ》〉
風野真知雄　潜入　味見方同心(三)〈五右衛門の鍋〉
風野真知雄　潜入　味見方同心(四)〈謎の伊賀忍者料理〉
風野真知雄　潜入　味見方同心(五)〈牛の活きづくり〉
風野真知雄　潜入　味見方同心(六)〈肉欲もりもり不精進《ふしょうじん》料理〉

2023年12月15日現在